第一話

おれたちの人生は

おれたちの人生は

第一話

1

職員会議で校長をなぐった。

田園調布《でんえんちょうふ》にある私立の名門、常等《じょうとう》学園高等学校。

校長は片頬に派手な痣《あざ》をつくり、奥歯を一本折って血だらけになり、後ろにふっ飛んで職員室の書架にぶつかり、ずるりと禿《は》げた頭部にハードカバーの背表紙を直撃させ、宇宙人語みたいな言葉をわめきながら悶絶《もんぜつ》した。

景《けい》は国語を担当する教師だった。

その日のうちに辞表を書いたが受理されず、懲戒免職《ちょうかいめんしょく》になった。

親には、到底いえない。

土曜日に、婚約者の黄花《きはな》に話した。

日曜日、黄花の両親がアパートに来て、婚約破棄《はき》を申し渡された。

その夜、黄花から電話が来たときには、景は暗黒物質と化していた。食欲は皆無《かいむ》、水すら飲みたくない、だから朝からトイレにも行っていない、だるい、悪寒《おかん》がする、動きたくない、眠たいのに眠れない、校長へ……ほかの教員たちへ、学校の同窓会幹部たちへ、一部の生徒たちへの憎悪と呪詛《じゅそ》が、どろどろになって渦巻《うずま》いていた。

だから、電話には出なかった。

三十五回の呼び出しの後、電話は切れた。

その後も電話は、四十回鳴った。

黄花からのメールが洪水のように着信したが、やはり読む気にもなれなかった。

それなのに。

スマホの電源を切ればよいことに気付き、持ち上げたときにまた着信音がした。

今時のスマホというヤツは、耳に当てると通じてしまうのだ。

判断力が鈍《にぶ》っていた景は、うつろにスマホを耳に当てた。

画面を見もしなかったけど、相手はやはり黄花だった。

――景の今回のことを両親に話したけど、まさか、あんなことをいいに行くなんて思わなかったのよ。

あんなこととは、婚約破棄のことだ。

――景の事情に同情してくれるとばかり思ってたの。わたしはさ、結婚をやめる気なんて全然ないから。うちの両親のいったことを謝りたくて、電話したの。

「仕方ないいんじゃない？」

自分の口から発せられた声は、いまわのきわにいい残す言葉みたいに弱々しかった。おれは負けたんだ。ズタズタのボロボロだ。敵はこっちを悪者にして、元気に高笑いしているにちがいない。そう思ったら、口惜《くや》しくて呼吸が乱れた。だけど、そんな自分のズタボロぶりが、変に心地よいというか、おかしかったのも事実だ。笑いたかった。笑ったら、きっと泣き声になる。だから、我慢した。

――何が仕方ないのよ。

「だって、もうすぐ三十になるのに無職で、しかも暴力癖のある男になんか、娘はやれないよ。おれが親でも同じことしたと思うよ」

――ああ。

黄花はうんざりしたように、うなった。

――両親がそういったんだ？　もうすぐ三十になるのに無職だとか。暴力癖があるだとか。

「事実だし」

――景が理由もなくそんなことする人じゃないって、わたしは信じて――。

ぷつん。

通話を切った。

話の途中なのに、はなはだ無礼な行為である。

だけど、泣き声まじりの声など聞かせたくない。黄花のためではない。自分のくそったれな矜持《きょうじ》に、景はこの期に及んでしがみついている。

悲しいのではない。口惜しいのだ。

校長には、殴られなければならない理由があった。しかし、人を暴力で屈服させ得る正義があるなどとは、景だって思っていない。暴力事件の落ち度は、百パーセント景にこそある。校長に被害者面《づら》させるという、愚行をしでかした。その短慮《たんりょ》が、口惜しいのだ。

もうすぐ三十歳。

いかにも。

この年になっても、感情のコントロールもできない自分が、とことん情けなかった。

景には、守らなければならない生徒が居た。諭《さと》さなくてはならない生徒が居た。そのどちらも放り出して、校長を殴るなんて、馬鹿で馬鹿で馬鹿だ。

電話が鳴る。

また黄花だと思い、今度こそ電源を落とそうとスマホを持ち上げたら、従弟《いとこ》のレージからだった。スマホを耳に当てた。本当は、人恋しくてならなかったのだ。

——飲みに行かない？

「いやだ」

景は中学生みたいに反抗的にいった。

——だったら、待っててね。

電話が切れた。もう少し粘《ねば》って誘ってくれたら、ＯＫといったかもしれないのに。景が従弟の素直さを恨んでいたら、インターホンが鳴った。

「はい」

——おれだけど。

レージが玄関の外に居るらしい。なんだか、都市伝説みたいなヤツだ。

——入れてくれるまで、玄関の外で待ってるから。

「よせ」

——だったら、出て来なよ。

人当たりの優しいレージは、いつでもこうしてやんわりと自分の主張を通してしまう。常に冷静にゆっくりと前進しているカメみたいなヤツだ。

だから、景はドアを開けてしまうのだ。

「ヤッホー、景ちゃん」

目の前に、鏡の像みたいな男がいた。それが大げさというなら、控えめにいっても一卵性双生児並みに、二人は似ていた。あんまり似ているから、いつも比べられ、いつも一セットで扱われてきた。だから、どちらも気が抜けなかった。礼司《れいじ》くんを見習いなさい。景ちゃんを見習いなさい。そういわれて尻を叩かれて、お互いを最大のライバルとして生きてきた。そのわりに、二人は仲良しなのである。

蒲田《かまた》の中華料理屋に行った。この店には、レージに連れられて、たまに来る。古ぼけてしまった中国風の提灯《ちょうちん》が出入口を飾っている、いかにもむかしから評判です、といった感じの地下の店だ。実際、餃子《ギョーザ》以外は何でも美味《うま》い。餃子だけはなぜだか皮が厚くて、景は美味いと思ったことはなかった。中国のどこかの地方では、それが標準らしかった。レージの方は皮の厚い餃子がお気に入りで、何かというと食べている。

でも、この日のレージは手あたり次第に注文した。

「今日はおごるから」

向かいの席に座ったレージは、景とそっくりな顔で優しく笑った。

そして、オーダーしまくった。

点心盛り合わせ、北京ダック、ふかひれスープ、エビチリ、豚の角煮、チャーハン、そしてデザートはマンゴープリン。安くて美味い店だが、さすがにいつものラーメンと餃子だけって値段ではなさそうだ。

「いいから、いいから。気にしないで、お腹《なか》いっぱい食べな」

レージは、あくまで優しくいった。

この男は、大手証券会社のやり手営業マンだ。叔父さん自慢の息子である。夏のボーナスも近いし、ここはご馳走《ちそう》になるか……と思うにつけ、わが身の寄る辺ない現実が、胸を波立たせた。

レージはそれを読んだみたいに、目を合わせないでいう。

「余計なことを考えないのも、大人力の一つだよ。ずっと何も食べてないんでしょ。まずは、お腹をいっぱいにしなよ。ほら、冷めないうちに」

ふかひれをよそって、目の前に差し出してくる。

こいつ、おれの今の非常事態を知っている。そう思った。

何もいわないなら、こちらもしばらく黙って食おう。それが二人のむかしからの流儀だった。

れんげを口にはこんだ。死ぬほど美味かった。しばし、何もいわずに食べ続けた。

先週からほとんど食料らしい食料を腹に入れていなかったから、ご馳走は五臓六腑《ごぞうろっぷ》にしみわたる。

ケモノみたいな食欲で食べ続け、脳が満腹を認識した瞬間、不覚にも涙がこぼれた。

「おれのこと、知ってんの?」

泣き声で訊《き》いた。格好悪い。でも、こいつとは付き合いが長すぎて、たとえ目の前でウンコもらしても、さほど恥ずかしくない間柄だ。お互いに対して、お互いがそんな存在なのである。

「黄花ちゃんから聞いた」

レージはさっきアパートに迎えに来てから初めて、景の目を見た。

「景ちゃん、生徒をかばったんだってね」

「そんな理屈は通用しないよ」

満腹だけど、北京ダックを薄餅《バオビン》に包んだ。甜麺醤《テンメンジャン》が手に垂れた。

「おれはガキ以下だ。最低だ」

そういったとき、煙草の煙が流れて来た。禁煙の店なので、女将《おかみ》が出て来て、中国語なまりの言葉で文句をいっている。煙草の客は居丈高《いたけだか》な大声を出して、応戦した。五十年配の、頑固そうなおじさんだ。たしなめられたからには、是が非でも吸い続けてやるという態度を堅持する。その矮小《わいしょう》な矜持に、景はおのれの分身を見た気がした。おじさんの罵声は、聞くだにいたたまれない。

すっくと立つと、煙草おじさんの方に歩いて行く。

「やめなって、景ちゃん」

レージが後ろで声を押し殺していうけど、耳に入れなかった。

景が女将を背中にかばうように、煙草おじさんの前に立った。

若造が――しかも、ちょっとイケメンの正義漢なんぞがしゃしゃり出て来て、おじさんのメーターがグインと上がったのがわかった。目を怒らせ、ひたいに血管を浮かび上がらせて、景を見上げた。見上げるということ自体に腹が立つらしく、ジロ、ジロ、ジロ、と頭から足まで視線を往復させて威嚇《いかく》している。

おう、上等だぜ、と景は思った。

「おれは煙草《たばこ》を吸うヤツのせいで、仕事をクビになったんだよ。職場のボスを殴ってやったんだ。一人殴るも、二人殴るもいっしょだからな。おっさん、ボッコボコにしてやろうか」

レージも、女将も、煙草おじさんも、他のお客たちもビビッた。

ここで西部劇の酒場みたいな乱闘シーンが展開すると思いきや（景はそれを想定していた）、煙草おじさんは胸中《きょうちゅう》に残った分別を発揮《はっき》して店を出た。何いってんだ、こいつ、頭おかしいんじゃないのか、こんなやつを店に入れるなっつーんだよ、二度と来ないからな。という捨て台詞《ぜりふ》は忘れなかった。それで景は安心した。おじさんの方が悪役だと、観衆一同が認めてくれたからだ。拍手する人も居た。女将は皮の厚い餃子をサービスしてくれた。

「景ちゃん、今のはちょっと感心できないなあ」

レージが文句をいう。

「おれなんか、どーせ」

感心できなかろうが、軽蔑されようが、おれなんかどーせ、だ。景は煙草のにおいの残った空気に、顔をしかめた。

2

先々週、常等学園高校の、硬式テニス部の部室から煙草の煙がもれていた。

そういうのを指導課にきちんとチクる生徒がいることを、校長は褒《ほ》めていた。その点については、景だって異論はない。生徒の喫煙は、断固、指導せねばならない。

だから、指導課の教員たちが駆けつけた。

泣く子も黙る指導課。さりとて、名門常等学園高校で、この学校秘密警察みたいな部署のお世話になる生徒は多くない。ともあれ、指導課に所属している教員には、何かしらの迫力を生徒たちは感じ取っている。国語担当の江藤《えとう》景も、そんな『何となくこわもて』の一人だった。

常等学園高校の運動部の部室は、校舎とは別棟の、通称『長屋』と呼ばれる平屋建ての建物に集中している。しかし、硬式テニス部だけは校内の元物置だったコンクリート敷の空間を専有していた。

物置時代からそこにある中古のソファやテーブル、食器棚など、運動部の部室には無用なものが、行き場もなく取り残され、それが良からぬ連中にとってはすこぶる魅力的な設《しつら》えであるようなのだ。

調度品といったら生徒会や報道委員会の方が、ちょっとしたサロンの様相を呈しているのだが、そっちは頭でっかちのインテリのアジトだから、不良たちには初手から魅力でも何でもないらしい。彼らは気ままに授業をさぼって、放課後もだらだらと居残って、硬式テニス部の部室にたむろする。不良のリーダー格が、同窓会長・御手洗《みたらい》重年《しげとし》の孫だったことから、校長も教頭も学年主任も指導課教員も、腰が引けている——というのが、実情だった。

景たちが駆けつけたとき、同窓会長の孫である御手洗豹馬《ひょうま》とその取り巻きたちは、すでに雲隠れした後だった。しかし、部室に充満した煙草のけむりは、隠しようもない。それを、懸命に換気しようとしていたテニス部部長・田代明彦が、現行犯で指導課に連行された。

その後に行《おこな》った全校生徒への無記名アンケートによると、教師たちの到着前に、部室から逃げ出る御手洗たちの姿が目撃されている。しかし、校長はアンケートで集まった情報を無視すると宣言した。同窓会長へのお追従《ついしょう》であるのはいうまでもない。この学校の同窓会には、国政の重鎮《じゅうちん》、国際的に名を馳《は》せる各界の要人も居て、校長としては決して敵に回したくない勢力だったのだ。

結局のところ、現場でごまかしの工作（窓を開けて換気）をしていた田代明彦一人が、校内での喫煙の張本人と決めつけられ、無期停学の処分となった。そういう形で、無理にも、騒ぎを収束しようとしたのだ。

明彦は明彦で、悪友たちの罪を一身に引き受けることを望んだ。

——おれひとりがやりました。

彼は別に御手洗らにいじめられていたわけではない。若者らしい男気に加え、仲間に見捨てられたという諦念が、そんな投げやりな結論を彼の中に生じさせたのかもしれない。

景は、職員会議の場で、これを反証しようとした。

当然の流れで、校長が圧力をかけてきた。

——江藤先生、気を付けてものをいうように。きみの査定にも関わってくるんだからね。

カチンと来た。

——わたしを脅《おど》して、事実を捻《ね》じ曲げる気ですか。アンケートの結果を闇に葬《ほうむ》る気ですか。田代明彦一人に罪を擦《なす》り付けて、御手洗たちをかばう気ですか。

——気ですか、気ですかって、うるさいなきみ。

校長はあからさまに不機嫌な声を出す。

――江藤先生、気を付けてものをいいなさいよ。だいたいね、きみはモラルという言葉を知らないのか。

どの口が、その言葉をいうのか。景の頭にカッと血がのぼった。だから、思ったままをいった。

――その言葉、そっくりそのままお返ししますよ！　有力者の孫を守るために事実を捻じ曲げ、罪のない生徒を理不尽に処分しておいて、そんなあなたがモラルなんて言葉を使わないでいただきたい。

慣性の法則。動き出した舌は、とまらず動くのだ。疾走する怒りは、ちょっとやそっとじゃ止まらないのだ。

――江藤先生……。

学年主任が青ざめている。新任の音楽教師が怯《おび》えている。どまんなかをクリティカルヒットされた校長が、真っ赤になっている。

――いったい、だれに向かって口を利いているつもりだ。わが校で働きたいという礼儀を心得た教育者は、他にも少なからず居るんだぞ！

――脅迫する気ですか！

──うるさい。一介の教員風情《ふぜい》が、校長に向かって生意気な口を利くな！
ボキッ！
その音は、聴覚を通さずに景の中に響いた。心の折れる音。いや、堪忍の折れる音だ。
──一生ふざけてろ、このハゲ！
グーで、ゴッツンとやってしまった。
歯が折れて口から血が噴き出す、かなり強烈な一発だった。
教頭が「救急車を！」と喚《おめ》いたが、養護教員の柴崎先生が傷薬と湿布で手当てした。
それでも折れた歯はいかんともしがたく、傷害事件として景は告訴されそうになった。
しかし、この騒ぎが表面に出れば、必然的に喫煙事件の裏にあるものが追及される。
ゆえに、警察沙汰にはならなかった。
景とて、おのれの短慮を反省しないわけがない。
退職願を書いた。
けれど、受理されなかった。
校長の怒りは、懲戒免職という形で景の頭上から振り下ろされた。
向こうもたたけば埃《ほこり》が出る悪党だが、景とて告訴されかかった身だ。馘首《かくしゅ》という処罰を甘んじて受けるよりなかった。

「景ちゃんは、悪くないよ。からだを張って守ってくれる大人の存在って、すごくありがたいと思うんだ。その明彦くんだって、景ちゃんのおかげで救われたはずだよ」

「ちがう」

景はぬるくなったジャスミンティをすすった。

「結局、おれは明彦のために、何もしてやれなかった。あいつは、やってもいない罪をかぶって無期停学処分をくらったままだ。あいつは、友だちを庇《かば》うのが正しいと信じて本当のことをいわないけど、それがまちがいだと教えるのがおれの仕事だったんだ。このままじゃあ、進学の瑕《きず》にもなる」

「おれのクラスにも校内喫煙で無期停学になったヤツ居たけど、ちゃんと東大に行けたよ。今、農水省のキャリアやってる」

「そうだったっけか?」

景の思いつめた表情が、わずかにゆるんだ。

景とレージは、弘前《ひろさき》市の同じ進学校の出身だ。苗字も同じなので、双子だと勘違いしていた者も多いはずだ。悪くない容姿で成績もよかったから、二人ともよくもてた。せっかちな景と、のんびり屋のレージ。意外なことに、童貞を捨てたのはレージが先だった。

「ほら。無期停なんてね、クラスがちがったら、忘れちゃうくらいのことなんだってば」

レージは、つるんとマンゴープリンを食べた。

「もう一軒、行く？」

「うん」

「今夜はとことん付き合うよ」

「大丈夫なのか？　明日、月曜じゃんか」

「ええとね」

なんだかべたべたする階段を上る。地上に出てみたら、地面がべたべたしているのではなく、景の靴底が片方はがれていることが判明した。

「とことん、ポンコツだな、おれ」

「いちいち腐んないでよ。コンビニで瞬間接着剤買いなよ」

「はいはい」

靴底をべたべたさせて夜の歩道を歩き、コンビニを探した。

「明日から、毎日が日曜日かあ」

景は自虐的にいった。いつまでも、あると思うな、親と有給休暇。仕事を探さないといけない。その前に、靴を買わないといけない。

「考えちゃ、だめだよ。何も考えないこと。今夜は、飲むことしか考えないこと」

*

何も考えずに飲んだ。

カラオケに行って靴底に瞬間接着剤を付けて応急処置を施し、THE 虎舞竜の『ロード』を十二章まで歌ってレージに無視され、それでもマイクを離さずに、レージが大橋トリオを歌うのを邪魔してから、居酒屋に場所を変えてはしごして、四軒目までは行ったのを覚えている。

四軒目のカウンターで、ジョッキをひっくり返したところで、電源を落としたように記憶が終わっていた。

目覚めると、景は自宅アパートで、布団にくるまっていた。

エアコンから冷風が流れ、景はきちんとパジャマに着替えていた。正体不明に酔いつぶれた景を、レージが介護士のごとく世話を焼いてくれたらしい。そうとわかり、きまり悪くなった。ずっと仲の良い従兄弟《いとこ》同士だったが、こんなにまで頼り切ったのは初めてのことだ。校長を殴って以来、ドツボにはまっていたので、レージの思いやりに涙が出そうになった。さすが、叔父の自慢の息子だ――。

そう思うにつけても、自分の不甲斐《ふがい》なさが、怒濤《どとう》の勢いで胸に迫り来る。景もまた、東京の有名私立高校で教鞭《きょうべん》をとる、両親の自慢の息子だった。

それなのに……。親に何といおう……。

くよくよしていたら、電話が鳴った。

分解しきれないアルコールに満たされた脳は、それが親からの電話と決めてかかって警報を鳴らし、次の瞬間には諦念に満たされた。容赦なく鳴る着信音に責め立てられ、その音から逃れるためだけにスマホを耳に当てた。

「ごめん」

もはや、万事休すだ。謝るよりほかに、できることなどない。

――いや、別に謝らなくてもいいけどさ。

聞こえて来たのは、親ではなく黄花の声だった。

「なんだ、おまえか」

――なにそれ、いつから、そんな無礼者になったんだよ。

黄花は怒った猫のような声でいった。

「ごめん、おれ、人間のクズだから」

――自虐はもういい。これから、行くから。

「え、ちょっと待って」

寝乱れた布団を見て、風呂に入っていない自分のにおいを嗅《か》いで、失職して以来散らかし放題の部屋の惨状を見た。ここの体たらくを婚約者――元婚約者に見られたくないという程度には理性が働いていた。

――待ったなし。

電話が切れた次の瞬間、インターホンが鳴った。

壁の受話器を取ると、スマホで話していたのと同じ声がする。昨日のレージと同じに、アパートの外で掛けていたらしい。

景はもう一度自分のにおいを嗅いで、リビングを片付けようと足踏みをしてから諦《あきら》め、急いで玄関のドアを開けた。投げ出していた椅子に右足の小指をぶつけて、じんじんと痛む。

「寝てたんだ？」

黄花は景の姿を見て、平板な調子でいった。

「パジャマに着替える気力はあったんだね。良かった」

言葉とはうらはらに顔をしかめたのは、景が酒臭かったせいだ。

「ゆうべ、死ぬほど飲んでて――レージが送ってくれたらしくて」

「レージくんって、相変わらず頼れる男だね。さすが、エリート証券マンだよ」

木偶《でく》の坊みたいに玄関に立ちふさがった景を押して、黄花は「入っていい？」と訊いた。返事を待つでもなく、勝手に靴を脱いで上がって来る。白くて清潔な運動靴。

黄花はいつだって快適そうなものを身に着けている。

「妖怪がわきそうだよ、ここ」

エアコンを止めて、窓を開けた。

白い陽光が射しこんで、景は吸血鬼みたいに灰になるかと思った。

黄花はゴミをレジ袋に詰め込みながら進み、キッチンに辿り着くと米を研ぎだした。

「おれ、食えない、二日酔いで」

「酔いが醒《さ》めたら、食べな」

景の前に、水道水の入ったコップを置く。

それから、黄花はそこに景なんか居ないかのように、黙々と炊事をした。

景はすることがなくて、水を飲みながら、茫然《ぼうぜん》とリビングの椅子に座っている。まだ八割方、寝ぼけていた。テーブルの上に置いてある鏡に顔を映した。すごい寝ぐせだ。半端に髭《ひげ》が伸びていて、とてつもなくむさ苦しい。

「校長をなぐったこと、反省しろなんていわないから」

作業が終わったらしい黄花は、布巾で手を拭きながら景の正面に座る。そして、蟄《ちっ》居謹《きょ》慎中の侍みたいに見苦しい景のひげ面を見て、目をくりくりと輝かせた。

「ねえ、二人でお弁当屋をやらない？」

「はい？」

どこから出た話だ？

「黄花の両親が許してくれるわけない……」

「あのさあ、景っていっつも、親、親っていうよね。どんだけ親孝行なわけ？　自分のしたいことを放棄するほど、親に気を使って、そんなの変だよ」

「自分のしたいこと……」

景は、もそもそと繰り返す。弁当屋をしたいのは、少なくともおれじゃない。

「いっときますが、わたし、景と別れる気ないから。でも、披露宴は無理よね。つまり、披露宴にかかるお金が浮いたわけでしょ。それで、お弁当屋をやるのよ。屋号も決めてあるんだ。明日《あした》屋っていうの」

いいでしょうといって、黄花はにんまり笑った。

景はまだまごまごして、コップに水を足しに立ち上がった。

「だから、どこから出た話なんだよ？　きみだって会社があるじゃないか」

「わたしだってね、しょーもない上司をぶん殴って、会社を辞めるのは、夢の一つであるわけですよ」

「きみも、会社を辞めたいと？」

「だれだって、そう思ってる。朝、目覚ましを止めながら、そう思わない日はない。わたしの朝は、プロメテウスの朝よ」

プロメテウスはギリシャ神話に登場する神で、人間に火を与えたためにゼウスの怒りを買い、山頂にはりつけにされた。そこで彼は鷲《わし》に内臓を食われてことされるのだが、不死身ゆえに朝になると甦《よみがえ》ってしまう。そして、日中はまた鷲に内臓をついばまれ、夜には死に、朝には復活する。その刑罰は三万年も続いた。

「えらいこっちゃ」

景はつぶやいた。

「でも、なんで弁当屋なんだ？」

「わたし、お弁当って好きなんだよね。お弁当箱の中にさ、美味《おい》しそうなおかずが、きゅうきゅうと詰まっててさ、ご飯にシソのふりかけなんか掛けて、おかずがちょっとはみ出してたりして。それを、おいしく食べる人の気持ちを想像したりしてさ。どんなイヤなヤツでも、お弁当を一所懸命に食べている姿を見れば、なんか愛《いと》しい感じがしちゃうんだよね」

黄花は景の視線をとらえ、にっこりと笑った。手ごわい笑顔だ。

「そういうの、幸せでしょ」

「うん、まあ、幸せだねえ」

異論はない。

だけど、その幸せと、景の不幸せが、どうやってつながるというのだ？　幸せな弁当のイメージだけで、現実の苦悩から抜け出せるものではない。怒り、自責、無念、不安などなどに加えて、昨夜の酒はそれらを浮かべる黒く濁った触媒と化し、頭の中は鉄くずでも詰まっているみたいに、鈍く重たかった。

「ご両親はどういってんの？」

「だから、景は、いい年して親のことを気にしすぎだっての」

「親には育ててもらったんだから、身の振り方を報告する義務があるだろう」

「ふうん、いい息子なんだ」

黄花はやけに得意そうに笑う。

「両親にはいったわよ。二人とも、おまえの好きなようにしなさいって」

「へえ、めちゃくちゃ理解ある親御さんだね。婚約破棄を申し渡してきたわりには」

景は架空の物語を聞いたような気持ちになる。

「だけど、おれといっしょに弁当屋をやるっていったら、反対するぜ、絶対」

「だったら、説得するよ。うちの親は、わからず屋じゃないから」

黄花は自信ありげだった。黄花の両親がわからず屋じゃないという点は、アパートに押し掛けて来られた景としては、同意しかねる。

「考えすぎちゃだめだよ、景」

黄花はレージと同じことをいった。

(そういえば、レージはあんなに飲んで、今朝は会社に行けたのかな)

そう思ったとき、インターホンが鳴った。

受話器はとらずに、ドアの前まで行ってドアスコープを覗いた。

レージが居た。白いサマーセーターに生成りのチノパンにスポーツサンダルをはいて、ドアを開ける前からにこにこしている。オフの日の芸能人みたいな印象を受けた。オフの日の芸能人が、どんな格好をしているのかなんて、知らないけど。

3

ドアを開けると、レージは自宅に上がるみたいに、当然の顔をして入って来た。黄花を見ると、「お邪魔だった?」なんて、人懐っこく挨拶をする。

「レージくん、きょうもめっちゃカッコいい。俳優みたい」

さりげなく胸に突き刺さった。エリート証券マンが、イケメン俳優みたいな感じで登場して、かたやこちらは二日酔いで無精ひげを生やしたままの失業者だ。いかに気のおけない仲とはいえ、いや、親しければこそ、景の劣等感は混沌《こんとん》の脳の中でぐつぐつ渦巻いた。穴があったら、入りたい。まさに、そんな気分である。

「おまえ、会社は?」

そうだ。おまえをエリートならしめている輝かしい証券会社には行かなくていいのか?

「まさか、レージくんまで会社を辞めたとか? 仲間? 仲間?」

今まで会社を辞める話を力説していた黄花は、無邪気にはしゃいだ。

「あの、えーとね、有休」

「だよね、証券会社の営業って激務だもんね。たまに羽を伸ばさなきゃ」

黄花は、見るも無残な部屋の中を見渡す。

「でも、せっかくのお休みに、こんなポンコツの部屋に来るなんて、もったいないよ」

黄花はお茶を淹《い》れるためのお湯を沸かしに立ち、レージに弁当屋の話をしだした。

レージは大いに賛成して、おかずはどうの、お店はどうのと、黄花といっしょに取りとめのない夢を語る。

「やっぱ、景ちゃんには宮仕えは向いてないよ。お弁当屋って、確か、調理師免許が要《い》らないんだよね。食品衛生責任者になるのが必須で、食品衛生責任者養成講習を一日受ければ資格がもらえるんだよ」

「なんで、そんなに詳しいの？」

「生きてると、いろんな知識がたまってゆくもんです」

「そっかあ、お客と付き合っているうちに、いろんな知識が入ってくるんだね」

急須に茶葉を入れながら、黄花は目を輝かせた。

「ねえ、レージくんも、わたしたちといっしょにお弁当屋をやらない？」

ちょっと待てよ、と、景は無言のうちにもあせった。

こちとら、やるとはいってはいないが——賛成もしていないが——まったくその気になっていないが——。しかし、弁当屋は景と黄花の二人で始めるのが、主眼だったのではないのか？　なんで、従弟まで誘うんだ？

景がやきもちを焼いている間に、黄花は自分で自分の無茶な問いに結論を出している。

「って……、やるわけないよね。レージくんは、証券会社のエリートだもんね」

「いや、そんな……」

レージは照れて困っている。それがエリートの余裕に見えて、実に憎たらしい。

景の黒い気持ちなどお構いなしに、レージは爽《さわ》やかな顔を真面目にしてこちらを見た。じっと目を見てくる独特の視線。劣等感のかたまりになっている景には、レージのきらきらした瞳はまぶしすぎる。

「実は、景ちゃんにお願いがあって来たんだ。景ちゃんじゃなくちゃ頼めない、大事なお願いなんだけど」

「なになになに？」

黄花は、景を差し置いてひざを乗り出す。コンロの上でヤカンが沸騰《ふっとう》し始めたので、目で合図したが、無視された。仕方なしに、景は自分でお茶を淹れに行く。

「景ちゃん、七月十日、空《あ》いてる？　空いてるよね？」

馬鹿にするな。こっちは失業中だ。いついかなるときであろうとも、空いている。知っているくせに、傷口に塩を塗り込もうという魂胆《こんたん》か。

「空いてるよ。仕事をクビになったから、今日も明日もあさっても、十日も十一日も十二日も、ずーっと空いてる」

「だよね、良かったあ」

良くないだろうが。

黄花といっしょに買った、ぽってりした形の大きな湯飲みに抹茶入り玄米茶を淹れて、どしんとレージの前に置いた。黄緑色の液体がちょっとこぼれて、指にかかる。熱かった。黄花には、桃色と白の地に桜を描いたきれいなマグカップに入れた。自分の分は、買ったその日にひび割れを発見してしまった青い唐草模様の湯飲みだ。

「美味い」

「ここん家《ち》、お茶だけは妙に美味いわよね。で、話って何？」

黄花が変な褒め方をする。そして、景をさしおいて話を進めた。この不躾《ぶしつけ》さが、愛情の証明だと思っている。まるで、古女房だ。それについては景としても、悪い気はしないのだが。

「実は、おれの代わりにお見合いをしてほしいんだ」

レージは、景と黄花の顔を交互に見ながら、甘え声でいった。

「それって……？」

「替え玉ってこと？」

意表をつかれた二人が、目をぱちくりしていると、レージは人懐っこく笑う。

「ほら、おれらって似てるじゃん？」

さすがの黄花もいささか面食らい、景は大いに面食らった。そのおかげで、停止していた頭が、いやおうなく働きだした。

「そんなの。ダメに決まってるだろう。親とか来るんだろうが。替え玉なんて、バレるに決まっている。そういう悪い受験生みたいな真似《まね》は——」

「景ちゃんのいいたいことは、よくわかるよ」

レージは景の言葉を遮《さえぎ》る。こいつはこういうヤツなのだ。物腰は柔らかいが、無礼で頑固でわがままだ。

「でも、おれ、その日、ぜえっっっっっったいに抜けられない仕事があるんだよ。どうせ、親の義理で仕方なく会うだけだし、当日は、本人同士二人っきりだしさ」

それから、黄花の方を見て、恥じ入ったみたいに目をパチパチさせる。可愛い子ぶるなと、張り倒してやりたくなるような可愛さだ。

「あ、女性の前で、こんなこといって、ごめんね。でも、おれはお見合いを断るのを前提で、親に『お見合い、いいよ』っていったんだよね」

「自分で行けないくせに、そんな話、受けるな」

景はここ一週間ばかりの間で、一番まともなことをいった。

「お願い、一生のお願い」

レージは手を合わせて、土下座並みに頭を下げる。

黄花は、早くも敵方に寝返った。

「いいじゃない。行ってあげなよ、景。どうせ、暇なんでしょ。相手、美人なの？」

「うん、意外とね」

レージはグレーのデイパックから、お見合い写真を取り出した。

エキゾチックなくらい目鼻立ちのはっきりとした美人である。女優並みの美貌で、シンプルなスーツをまとった立ち姿は、引き込まれるような魅力を放っていた。

「へえ……」

思わず、ため息をついてしまった。目はいやおうなしに、写真に釘付けになる。

カメラに向けて微笑《ほほえ》んでいるまなざしは、そのままこちらを幻惑する匂いやかな花のようだ。声を聞いてみたい、動く姿が見たい、近くに寄ってみたい。そんな誘惑が、景の脳裏を横切った。

「すごい美人」

黄花の素直な感嘆に、景はわれに返った。

「レージくん、どうして断るっていう前提なのよ？　てか、なんで自分で行かないの？　あ、仕事か――。でも、こんな美人に会えるんだから、仕事くらい休めない？」

「どうしても、無理なんだ。おれが抜けると、チーム全員がストップしちゃうんだよね」

「ありがちなことだね。じゃあ、しょうがないね」

「しょうがなくないだろう」

景はお茶を飲んだ。濃い目に入れた玄米と抹茶の風味が、全身にしみた。

反対派の立場は守るとしても、この写真の美人への好奇心がないわけではない。

「で、どういう女なわけ？」

「弘前のリンゴ問屋の娘」

景とレージも、出身は青森県の弘前市だ。

レージの父はリンゴ加工会社の社長で、景の両親は弘前市役所に勤務している。ちなみに、黄花の家は代々の江戸っ子だ。父は大学教授で、母は専業主婦である。

「まさか、今のおれのこの状態で、弘前に帰って——とかいうんじゃないだろうな」

なんだかんだいっても、景は前向きに検討しているみたいなことをいう。

そうと察して、レージの顔が輝いた。俳優みたいにはつらつとしている。この写真の美女とだったら、さぞかしお似合いだろうに。

「弘前に行かなくても大丈夫。彼女、吉祥寺《きちじょうじ》のマンションで一人暮らしだから」

「お仕事は？」

黄花が訊く。

レージは首をひねった。

「なんか——絵本作家とかいってたけど」

「へー、クリエイティブなお仕事じゃん」

「SNSやってるって」

「どれどれ」

SNSのアカウントは、雪田結衣《ゆきたゆい》といった。筆名というやつだろうか。

「ううん。本名だって」

「名前にも顔にも自信あるわけね」

黄花が、ちょっとだけトゲのあるいい方をした。

確かに、自分の顔をアイコンにしている。ここまで美人なら、公開して褒められたいという気持ちはわかる。フォロワーが三万五千人を超え、プロフィールによると、フランスに留学の経験もあるとのことだ。結衣の美しい顔写真は、記事のそこここに登場し、毎回、少なからぬ人が「いいね」を押している。玉に瑕なのは、ヘッダーの自作と思しきイラストだ。絵本作家とのことだが、そいつがかなり下手だった。世にいう『下手うま』でもなくて、純粋に稚拙《ちせつ》なだけに見える。

「レージくん、なんで断っちゃうの？　こんな美人なのに？　ひょっとして、すでに彼女居るとか？」

「彼女は居ないよ」

そりゃあ、そうだろうと、景は思った。胸の収納スペースが極端に少ないレージは、恋なんてものに落ちた日には、ここに来て洗いざらい報告しないではいられない。それをしていないということは、恋愛中ではないということだ。

「この人、おまえのタイプじゃん」

「そうかな」

「高校のときにおまえを振った女に似ている。それから、大学のときに付き合ってた女にも。どっちも美人だったけど、性格ブスそうだったよなあ」

「失礼なこといわないでよ」

レージは写真から目をそらしていった。

「おれ、まだ結婚とかする気ないんだ。今は仕事に専念したいんだよね」

「さすがエリート証券マンだよね」

黄花は、エリート証券マンにこだわっている。

「ところで、わたしたちの方は、もうすぐ結婚するんだよ」

黄花は、景に腕をからめてきた。景は黙ってなすがままにされながら、仏頂面の下で考えずにはいられなかった。

ことここに至り、黄花との結婚は難しい。

その前に、二人で弁当屋を開業するなんていったら、景の両親が黄花の両親の前で、腹を切っておわびしないといけないかも、と思う。黄花の指摘どおり、景は自分の人生は自分のもの、親の文句は参考程度にとどめるという生き方ができないタイプの男なのだ。

「ねえ、景ちゃん、おねがい」

あまたの困難の上に、もうひとつ面倒ごとを持ち込もうとするレージは、人懐っこい笑顔で媚《こ》びた。

4

七月十日のお見合いの日、景はお茶の水にあるシティホテルの喫茶室で、相手の女性を待っている。

少し離れた場所に、客を装《よそお》った黄花が居て、こちらを見張っていた。

弁当屋を開業するという思いつきは、本気だったようで、黄花は会社を辞めるつもりでいる。黄花の今の仕事は、デパートに入っている女性服ブランドの店員だ。なかなかストレスのたまる職場だとは聞いていたが、辞めたいほどだとは景にも意外だった。

(それは、まあ、いい)

まずは、目の前に差し迫ったミッションだ。

――適当にあしらって、駅まで送ってくれればそれでいいから。

相手は鬼でも蛇でもなく、楚々《そそ》とした美人なのだから、そのご尊顔を拝すのは無職男にはちょっとした特典といえるかもしれない。

レージから得ていた情報は、ＳＮＳのアカウントで名乗っている雪田結衣というのは本名で、年齢は二十七歳。たった、それだけだ。写真から、大層な美貌の持ち主であることがわかっている。それから、金持ちのドラ娘らしいこと。絵本作家を名乗るわりには、ネットにアップロードした絵は、ちょっとアレだということ。

はたして、美女はやって来た。約束の時間から五分遅れて。何となく、計算した上での遅刻のように思われた。立ち上がって挨拶する景に対して、にこりともしてみせないから、そんな印象を持ったのかもしれない。

ともあれ、結衣は写真で見るより五割増しの美女だった。こいつは、プロだ、と景は思った。プロ並みに容姿に金銭を投じているという意味である。例えば、常等学園高校の女生徒にも教職員にも美人に分類される女性は居たし、黄花だって彼氏としては自慢の小ぎれいな女だ。

だけど、雪田結衣は別格だった。ン十万のスキンケア、ン十万の洋服に靴にバッグ、エステに、ジムに、ことによったらプチ整形、そんな大枚を費やして磨き上げなければここまでの女は出来上がらない。そして、やっぱり、レージの好みのタイプだった。高校のときに振られた相手と、大学のときに付き合っていた相手に、とてもよく似ていたが、美しさはこっちの方が数段上である。

（大学ンとき、彼女の性格キツ過ぎて、インポになったとかいってたっけ）

そんな光り輝く美女は、景より先に椅子に腰かけると、開口一番にこういった。

「わたしは結婚するつもりは、ありません。父がどうしてもと、泣いて頼むので――これ、大げさにいっているわけではなく、本当に泣いて頼まれましたので――仕方なく、あなたに会うことにしたんです。ここに、親だの世話人だのが居ないのは、そういうわけです。あの人たちが来ないようにと、条件を付けたんです。本格的なお見合いなんてごめんだし、どうせ断るんですから」

声は身も蓋《ふた》もなく冷たく、美しい目は挑《いど》むように景を睨《にら》んでいた。

（クールビューティってやつ？）

景は目をぱちくりさせながら、そう思った。クールビューティというのは、単に無礼な女のことだというのが、景の持論である。つまり、結衣は美人だけど、イヤな女だった。ここで縁を切るつもりだから、景としても却《かえ》って気が楽だ。

「失礼ですが、おれも今回のことはお断りするつもりでいます」

景は相手をリラックスさせる気でそういった。

ところが、結衣の冷たくコーティングされた仏頂面の下に、ショックを受けたような表情がわずかに浮かぶ。景は「はて?」と、その顔色を探ろうとしたが、相手はクールビューティの仮面をかぶり直してしまった。

「わたし、そもそもお見合いなんかする気はなかったし、こういうのが大きらいなんですよ」

「お付き合いしている人が居るとか?」

景はウェイターにアイスコーヒーを頼んだ。結衣はメニューを一瞥《いちべつ》して、カモミールティを選ぶ。立ち去るウェイターの背中をつまらなそうに睨み、同じ目付きで挑むように景を見た。

「居ませんけど」

そこで会話が終わってしまうのが彼女なりに気づまりだったのか、先を続けた。

「今回、このお見合いを受ける気になったのは、正直に申し上げると、父が交換条件にお金をくれるといってきたからなんです」

「へえ、いくら?」

興味本位から、訊いた。収入を絶たれた身としては、『お金』と聞けばついつい興味がわくのだ。

「五百万円ほど」

「え？　おれに一回会って、お見合いを断るだけで五百万？」

「そうですが、何か？」

何かって、あんた……。

景は絶句した。

それを見ている結衣の仏頂面の下から、楽しそうな表情が透けて見えた。実家の財力を見せびらかすのは、気分が良いらしい。娘も娘なら、親も親だ。教育者として生きてきた景は、お説教の一つもしてやりたいところである。

しかし、とすぐに思い直す。

おれはもう教育者ではないんだ。

そう思ったら、景の顔はわれ知らず優しくなった。ともあれ、お見合いに関して双方の目的が一致したので、そこから先は案外になごやかに過ごした。レージに成りすました景は、普段聞いていることを、わがことのように話した。

結衣が自分のことを、ぺらぺらしゃべったのは、ちょっと意外だった。やがて、これが彼女のスタンダードなスタイルなんだろうなと察した。とびぬけて美人で金持ちの結衣は、自分語りこそが相手の興味を察した話題なのである。知りたいでしょう？知りたいわよね、わたしのことなら、何だって。

いかにも、知りたい。見合いの真似事で親から五百万円をもらえる社会人とは、いかなるプロフィールを持っているのか、興味津々だ。一期一会の行きずりの一見さんだが、語ってくれるなら是非どうぞ。

（おれだったら、初対面の異性に、そんなことぺらぺらしゃべらないけどね）

いかにも、結衣は、ぺらぺらとしゃべった。なりすましの身としては、ボロを出さないためにも、聞き役で居られるのは結構なことだ。景は聞き役に徹した。

結衣には二人の兄が居る。末っ子の彼女は、唯一《ゆいいつ》の女の子として、家族に可愛がられて育った。しかも、とびきり可愛らしいので、彼女は生まれついて家族のアイドルだった。

現在、兄たちは父の会社で役員をしている。兄たちは地元の国立大学を出たが、結衣は東京志向だった。

「わたしは、子どものころから視野が広かったの」

高校までは弘前の学校に通った。景やレージより二歳年下で、学校は別である。

（だろうね）

景たちの母校は、「恋愛したけりゃ進学しろ、話はそれからだ」というストイックな進学校だったとはいえ、もしもこれだけ美人の一年生が入って来たら、校内はそれなりに揺れ騒いだはずだ。結衣は弘前市内にある私立高校の名前をいった。景たちには、あまり縁のない学校だ。

「そこを優秀な成績で卒業して――」

優秀と、自分の口からいうか。景はいささか唖然《あぜん》とする。でも、黙って聞いている。

「東京の短大を出てから、フランスに二年間、留学しました。今は父が所有しているマンションに住んで、絵本の刊行を目指しています」

「え？　絵本はもう出ているんじゃないの？　目指しているだけなの？」

思わず訊いた。職業は絵本作家と聞いている。

「妥協したくないんで、出版社と話を練っているんです」

結衣は、景の声の変化を敏感に聞き取って、弁解するように早口でいう。

「作家と出版社が対等に資金を負担して、よりよい本を作ってゆくという画期的なシステムで――」

それは、ただの自費出版だ。自費出版では、生活はできない。

「絵本作りに集中するため、よけいな仕事はしていません」

「よけいな、仕事、ですか」

景の中でまた教師の虫が騒ぎだした。このお嬢さまは、親がかりで留学までして、物価の高い東京で優雅な暮らしを続け、食うために働くことを『よけいな仕事』とのたまうか。

「生活費は、実家から入金があります。わたしの才能に理解のある家族なので、助かっています」

それから、結衣はタブレット端末で自分の作品を見せてくれた。SNSのヘッダーも微妙な仕上がりだったが、あれは最高傑作だったようだ。結衣には悲しいほど絵心がない。どうしてだれも、それを指摘してやらないのか。彼女が生涯自分の力量を知らずに夢を追い続けるのは、却って無残ではないか。

（かといって、あんたの絵って下手っぴいだな、なんて面と向かっていえないよな）

景が考え顔で絵を見つめているのを、良い方に思い違いしたらしい。結衣は得意そうな調子で続けた。

「わたしが自分の才能に目覚めたのは、師とあおぐ女性のおかげなんです。三田村園江《みたむらそのえ》さんというコンサルタントの先生なんですけど、ご存知ですか？」

知らないというと、侮蔑《ぶべつ》するような目で見られた。そして、おごそかな手つきでタブレットをスワイプして、その三田村という中年女性とのツーショットを見せてくれた。

三田村園江は、ひざ上丈《たけ》のスカートをはいた、ちょっとイタイ美魔女だった。結衣は、その美魔女に勧《すす》められているという、ドギツイ緑色の液体の入った小瓶を差し出してよこす。

「これ、さしあげます」

「何——ですか?」

殺人アメーバとか、人食いスライムとか、そんな感じの色具合だ。

調子付いている結衣は、上機嫌でレクチャーを始めた。

「日々のストレスというのは、結晶化して内臓に沈殿《ちんでん》し、それが粘膜をやぶることによって、さまざまな病気を引き起こします。このお薬は、沈殿したストレスを溶かして体外に排出させるための、画期的な新薬で——」

どうやら結衣は、三田村園江というおばさんに心酔《しんすい》し、騙《だま》されているらしい。『画期的』というのが三田村園江のキーワードで、この画期的な新薬はたったの三万五千円なのだそうだ。もちろん、そんなのはオマケのオマケで、結衣はコンサル料として毎月少なからぬ金を巻き上げられ、絵本の自費出版に関しても三田村にそそのかされてのことらしい。

レージとは「一度会うだけ」と決めて来たのだが、このまま、結衣を見捨てるのが忍びなくなってくる。

「お見合いのことはともかく、またお会いできないでしょうか」

景がそういうと、離れたテーブルで黄花が水のグラスを倒し、ウェイターが駆けつけてちょっとした修羅場が展開した。

そんな下々の騒ぎなど視界に入れもせず、結衣は困ったように笑った。

「そんな――約束が違いますよ」

古いヨーロッパの絵の中の貴婦人のように、結衣のくちびるは究極の美しい微笑を浮かべる。

「仕方ないわね。ええ、お友だちとしてなら、これからも、お会いしてもいいかしら。じゃあ、よろしく、江藤礼司さん」

江藤礼司さん。

（そっか、そうだった）

結衣は当然のこと、替え玉の景をレージだと信じているのだ。この可哀想な女性を（当人はまるっきり可哀想だという自覚はないとしても）だましていることに、景は良心の痛みを覚えた。

5

蒲田のこの間と同じ中華料理店で、レージは皮の厚い餃子を食べて文句をいう。

「どうして、また会うなんていっちゃったんだよ」

「そうよ、デレデレしちゃってさ」

レージのとなりで、黄花も餃子をタレにひたした。

「だって、放っておけないだろう。あの人、完全に騙されてんだぞ。それなのに、親は湯水のように金を与えてさ。普通、使う額が尋常じゃなかったら、おかしいと気付くだろう」

「おれにいわれても、困る。景ちゃんが、あっちの親御さんに直接いったら？……いや、いわないで。替え玉見合いしたってうちの親にバレたら、面倒なことになる」

「利己主義なヤツめ」

景はあんかけ焼きそばの具を掻きまわした。

「これ見ろよ」

そういって、二人の前に、おどろおどろしい緑色の液体が入った小瓶を突き出してみせる。内臓に沈殿したストレスを排出させるという、画期的な新薬だ。舐《な》めてみたら、かき氷のメロンシロップだった。こんなものに騙されるなんて、ある意味すごい。結衣という女は、世界一騙されやすい人ということで、ギネスブックに載れるのではないか。

「こんなの一本を、三万五千円で売り付けられてんだぞ。このままじゃ、あの人、ぼろぼろにされるぞ」

餃子を食べている二人は、思案顔でうなった。彼らも基本的にお人好しなものだから、突き放すことができないのである。そんな二人に問題提起しておきながら、景にもさっぱり名案は浮かばなかった。

＊

帰宅して入浴の準備をしていたら、レージから電話があった。なぜか、着信音からして、気が立っているように聞こえたのだが、耳に当てたとたんレージは「わんわん」怒っていた。元から言葉の優しい男だが、それでも怒っていた。

「ちょっと、景ちゃん。あの結衣さんに何を話したわけ？」

「何って？　別に何も。さっき話したとおりだけど」

結婚をする気はないと、お互いの意見が一致したので、気楽な世間話をした。三田村という女に騙されている件を除いては、何をいったかなんて覚えてもいない。つまり、どうでもいいことを話していた。

「そんなわけない！」

レージの声が、耳にガンガン響く。

「結衣さんが景ちゃんのことを気に入って――つまり、江藤礼司を気に入って、結婚を前提に付き合いたいって、うちの親に連絡が来たそうだよ」

「え、なんで？」

寝耳に水だ。結婚しないというのが、大前提ではないか。

「断る方向に話を持って行ってって、おれいったよね！」

「ああ、おれもそういったよ。向こうだって、結婚したくないってはっきりいったぞ」

「気が変わったらしいよ。景ちゃん、惚《ほ》れられたんだよ」

「いや、それ、困る」

「困るのは、おれだよ」

　レージは声を裏返らせた。

「景ちゃんが惚れられたんだから、責任取ってよね。景ちゃんが結婚してよね。おれは、知らないからね」

「おれは、いわれたとおりにしただけだ。替え玉なんてやらせたおまえが悪いんだろ」

「うるさい！　自分で何とかしろ！」

　レージは怒鳴って通話を切った。

　自分で何とかしろとは、こっちのセリフだと思った。それにしても、結婚を前提にした付き合いなんて、どうしてそんな方向に話が転がるのか。結衣という女は、ますますわからない。

＊

　七月の日差しが、ネクタイを締めた襟《えり》を、汗で気持ち悪く湿らせていた。手に持った飲みかけのスポーツドリンクは、体温と同じくらいに温まっている。つまり、外気温が体温と同じほど上がっていた。早くシャワーを浴びたいと思うにつけ、この炎天下の外出が空振りに終わったことに、気持ちが腐る。

在学時代に世話になった教授に、就職口を世話してもらおうとアポイントもなしに訪ねて行った。その結果、海外に長期出張中だといわれた。構内の木々に巣食う蝉《せみ》の大合唱が、まだ耳に残っている。歩くだけでも苦行のような灼熱《しゃくねつ》の歩道を、日陰から日陰へと逃げるようにして帰って来た。女には日傘や帽子があるのに、スーツを着た男はなにゆえ脳天を太陽にさらして歩かねばならないのか。つむじから火を噴きそうだ。

(弁当屋か……)

ちょうど、弁当屋の日よけの陰に滑り込んだとき、そう独りごちた。

清潔な店内は、涼し気にディスプレイされていて、通りに出したエアコンの室外機からブオンブオンと熱気が放出されていた。この熱さの分だけ、店内は冷やされているということだ。

(この中で働けたら、天国だなあ)

勤め人の経験しかない景としては、店という自分の城を持つことに、えもいわれぬ憧憬《どうけい》があった。しかし、こんな気持ちを黄花の両親に知られたら、ぶっ殺されかねない。でも、弁当屋は面白いかもしれない。

ついつい、店の中に引き寄せられ、陳列《ちんれつ》された弁当をうっとりと眺《なが》めた後、明太子入りの海苔弁を買った。

アパートに帰って、汗まみれのスーツを脱ぎ、風呂場に直行した。風呂というヤツは面倒くさいので好きではないのだが、両生類なみに汗で濡れた全身を洗い流すのは快感だ。手早く泡を流し、Tシャツと短パンに着替えて、エアコンの吹き出し口の下に座って明太子海苔弁を広げる。いざ食おうとしたら、インターホンが鳴った。

教え子たちが男ばかり六名、ドアスコープの前で何かの稚魚《ちぎょ》みたいに群れている。クラスの中でも、天真爛漫《らんまん》なグループである。ときには手がかかる腕白《わんぱく》な連中で、しかし彼らの顔を見たとたんに、胸の中に喜びが込み上げてきた。ほとんど、泣きそうなくらい嬉しかった。

ドアを開けると、六名は押し合いへし合いしながら部屋に上がり込み、景のあまり豊かではない昼食を見て「ダッセー」と笑った。

「お前たちも、何か食うか？　といっても、カップ麺くらいしかないけど」

「いらねーよ、失業者の貴重な食糧、食えっかよ」

遠慮《えんりょ》会釈《えしゃく》もなく景の海苔弁をわきに押しのけて、エアコンの吹き出し口を占領する。

冷蔵庫から麦茶を出してやると、六名は申し合わせたように、一瞬でそれを飲み干した。

景は箸《はし》を付けていない弁当に蓋《ふた》をして、キッチンカウンターの上に置く。

「今日はどうした？　宿題でわかんないところでもあるのか？」

「なわけねー」

「先生、もー、センセーじゃねーし」

「っていうなよ。可哀想じゃねーか。なんも悪《わ》りーことしてねーんだから」

「むしろ、いいことしたんだよな」

生徒たちは、ピーチクパーチク騒ぎ立てた後、六人そろって景を見た。

「先生さ、学校を辞めたからって、ＡＶに出ることないだろう」

一人がそういうと、残り五人が「ぎゃーははは」と笑った。

意味がわからず、怪訝《けげん》そうな顔をする景の前に、ＤＶＤのパッケージが突き付けられた。

「しらばっくれてる」

「つか、これ、去年の発売だし。先生、ＡＶと教師を掛け持ちしてたの？　それで、クビになったの？　校長を殴ったってのは、ウソ？」

「いや、校長がこれに文句をつけて、それで殴ったとか？」

「江藤くん、潮の吹かせ方がなっとらん、とか」

六人はまた「ぎゃーははは」と笑う。

「だから、エーブイって何？」

景の語彙《ごい》にはない言葉だった。でも、なにやらイヤな予感がした。

「だからぁ、アダルトビデオ！　おれたち見ていて、先生が出てきたから、めっちゃ焦ったって」

「はいー？」

景は改めて、渡されたパッケージを見た。

『愛の鞭《むち》、濡れてもらいます』

全裸で四つん這いになった女の下半身を捕らえ、股間を押し付け、男が上体をのけぞらせている。男もまた、裸だ。その裸男が景なのだ。

いや、ちがう、レージだ。

「……どういうことだ？　わかんない」

レージは証券会社に勤める、エリートだ。叔父の自慢の息子だ。

それが、どうして、こんな恥ずかしい格好をしてDVDになっているのだ？

パッケージには、「江藤礼司」ではないものの、「レージ」と名前まで載っている。

「先生、往生際《おうじょうぎわ》が悪いって。もうバレてるから」

「ぎゃーははは」

六人の笑う声を聞くうち、ようやくどういうことかわかった。

第二話 恋か仕事か

1

駅に隣接したショッピングモールのフードコートで、黄花《きはな》と待ち合わせた。

タコ焼きをほおばる景《けい》の顔には、青あざがあった。口の中も切れていて、ソースがしみる。

黄花は景のタコ焼きを盗み、ソーダ水で流し込んだ。

「本当なの？」

黄花は唖然《あぜん》としつつも笑った。さすがに、高校生たちのように「ぎゃーははは」とは笑わなかったが。

一方、景は笑うどころではない。

「本人に証拠を突き付けて、白状させた」

ほかならぬ、レージのことをいっている。

レージは証券マンをしながらＡＶ男優となり、五年前からは会社も辞めて、男優業一本で生計を立てている。

昨日、六人の小魚みたいな男子たちをアパートから追い出し、レージのスマホに電話した。

敵は何かを予感したのだろうか。いくら掛けても、出やがらない。

仕方なしに、レージの住む賃貸マンションで待っていた。

一向に涼しくならない夜風の中で、延々待ち続けた。レージは、夜の十一時に帰って来た。

――あれ、景ちゃん、どうしたの？

そのとき景は悪魔を相手に睨《にら》めっこでもしているような顔をしていたから、レージも自然と笑顔がひきつった。おそらくその時点で、景の訪問の理由を悟ったのだろう。そそくさと、部屋に通し、それとわかる作り笑顔で「どうしたの？」ともう一度いった。

景は生徒たちから取り上げた『愛の鞭《むち》、濡れてもらいます』をレージの眼前に突き付けてから、その胸倉をつかんだ。レージは弱弱しくされるがままになり、挙句の果てに涙ぐんだ。

ＤＶＤのジャケットで裸の女に×××なことをしている姿は、至極野性的で、雄々しくもあり、現実の目の前のウソつき野郎とは別人みたいなのに。――別人とはこの場合、なんだか、笑っちゃう言葉だが。

「しょうがないだろう。おれは、サラリーマンに向いてなかったんだよ。景ちゃんだって、先生辞めたじゃん」

「だけど、なんで、ＡＶ男優なんだよ！」

裸になり、セックスをするという生業《なりわい》だ。親戚として、捨て置けない。

「景ちゃんだって、もしも校長先生が訴えたら被告人だよ。男優のが、被告人よりマシじゃん！」

レージは、逆ギレした。

「おれのことは、今はどうでもいい！」

「なんで？　ズルイじゃん！」

レージは胸倉から景の手をむしり取り、突き放した。そして、怒鳴る。もはや、修羅場だ。

「AV男優ってのはね、日本には七十人しか居ないんだよ！　AV女優はモデルプロダクションに一万人くらい登録しているけど、男優はたったの七十人なの！　いかに貴重で優秀かってこと、わかんない？

おれらが居なかったら、どうやってAVを作るのさ。男優ってのは、ただセックスしているだけじゃないんだよ。オーケストラでいったら、指揮者みたいなもんなんだから。撮影現場では、男優が場を仕切っているんだ。

そりゃあ、作品を作るのは監督だよ。でも、女優さんのパフォーマンスを引き出すのは、男優の技術いかんにかかってるの！　それくらい、AV男優ってのは——」

「じゃあ、弘前《ひろさき》の両親にそういえるのかよ！」

レージの大声の弁舌を、景はさらなる怒鳴り声で遮った。

レージは、爛々《らんらん》と燃える目で景を見つめ返す。

「景ちゃんだって、校長先生を殴って教師辞めましたっていえる？」

「だから、おれのことは、どうでもいい！」

「よくないよ！　おれは自分で稼いでいる！　日本中の男の助けになっている！」

レージは胸を張った。

「おれは日本の男だが、アダルトビデオに助けられたことなんかない！」

「うそ……。景ちゃんって、変態？」

汚いものでも見るような目をされる。

完全に頭にきた。

「変態はそっちだ、このタコ助！」

横っ面を殴り飛ばした。

「殴んないでよ！　明日だって、撮影があるんだから」

お返しに三発食らい、それから取っ組み合いになった。

階下と隣室の住人と管理人が、騒音の苦情をいいに駆けつけるまで、二人の戦いは続いた。


「レージくんがAV男優だったなんてねえ。人ってわかんないもんねえ」

黄花は目をくるくる動かしている。あのレージが、裸になって働いている様子を想像しているのかもしれない。いやらしいことを想像するなと、景は文句をいいたくなる。

「平日、うろうろして、有給休暇だなんていってたけど、実は撮影のオフ日だったのね」

そういって、また景のタコ焼きに手を伸ばす。

「お見合いのときの、ぜえっっっっっったいに抜けられない仕事って、ＡＶの撮影だったんだ？　うわー、やらしー」

「あの馬鹿、開き直って、ＡＶ男優がどれだけ貴重で、どれだけ社会貢献しているかって、くどくど語り出すんだぞ。責められる筋合いじゃないって、胸を張りやがる」

「大人ですからね、職業選択の自由はあるわよ」

黄花は正論をいう。それを黄花自身、どれだけ納得しているのかは知らないが。

「でも、ああいう業界って、怖い系の人たちとつながってたりしないの？」

「いや、ＡＶ男優ってのは個人事業者なんだって。制作会社も、意外と真面目な職人集団で、撮影現場は部活の延長みたいな感じらしいよ」

「まさか。だって、エッチなこととして稼いでるわけじゃん。反社会的なわけじゃん。部活の延長だなんて、信じられないわよ」

「法律とか条令は、スレスレ守っているんだってさ。いや、かなりグレーみたいだけどね」

「う〜ん。景の話を聞いてると、レージくんを擁護《ようご》しているみたい」

「するか！」

景が怖い声を出したとき、黄花が突然にテーブルに身をかがめてひそひそ声になった。

「景、ちょっとさりげなく後ろを見て。さりげなくだよ」

「なに？」

「いいから、さりげな～く、後ろを見てよ」

「う……うん」

いわれたとおりに振り返って見た景は、思わぬ人物を見付けてしまった。

庶民的なフードコートのテーブルで、浮きまくっている美人。

見合い相手の雪田結衣《ゆきたゆい》だ。

（なんで、ここに居るわけ？）

偶然だろうか？　どこかで景たちを見かけて、尾行して来たのだろうか？　レージの住所ならば見合い相手ということで、親経由で探れないこともあるまいが、景の居場所まではわからないはずだ。それとも、財力にものをいわせて、調査会社に頼んだとか？　いやいや、やっぱり単なる偶然にちがいない。調査会社なんかに丸ごと調べられたら、エライことである。そんな可能性は怖いから、頭から締め出したい。

（それにしても）

チラ見した。

画竜点睛《がりょうてんせい》？　いや、ちがう。掃き溜《だ》めに鶴？　それもちょっと違う。豚に真珠？　全然違う！　ともかく、こんな日常の風景の中では、浮き上がりまくっている美しさだ。

間の悪いことには、こちらが見つからないようにこそこそしているのを、結衣が爛々とした目で見つめていたことだ。景は捕食者のような獰猛《どうもう》な凝視《ぎょうし》に驚いて、慌《あわ》てて目を逸《そ》らしてしまった。

「目が合った。ガチでヤバイ」

「景さあ、国語の先生なんだから、そういう言葉づかい、どうなのよ？」

「もう、先生じゃないよ。いや、それより、どうしよう。目が合っちゃった」

「声を掛けてみるとか？」

黄花はひとごとだと思って、非現実的なことをいっている。

「こないだのお見合い、ダミーだったことを白状しちゃったら？」

「そりゃ、マズイだろう」

景はテーブルに突っ伏して顔だけ黄花に向け、ひそひそ声になる。何の効果もないが、結衣から隠れているつもりなのである。

「見合いがペテンだったなんてバレたら、レージの親の立場がないだろう」

「だけど、このまま縁談が進んだら、もっとマズイことになるよ。替え玉を引き受けたのは、破談になるという前提があったからでしょ。彼女が結婚に前向きになった以上、なんとかしないと、大変だよ。景ちゃんお婿さんにならなくちゃ、かもよ」

「それ、困ります」

「だったら、断るのは早い方がいい。レッツゴー!」

黄花のいうとおりだ。レージの親の立場よりも、今は自分の立場をこそ優先しなければならない。

「あの……」

おずおずと、改めて振り返ったとき、結衣は勢いよく立ち上がり、飲みかけのコーヒーをそこに置いたまま、脱兎《だっと》のごとく駆け去った。まるで画面を早送りしたみたいな、高速の行動だった。景も黄花も、たまたま見ていた人たちも、唖然《あぜん》とした顔で、結衣の消えた方角へ顔を向ける。

「こりゃあ、ますますこじれたぞ」

黄花が難しい顔で、警告をよこした。

「結衣さんは、証券マンであるレージくん――すなわち景のことが好きなんだよ。それが、彼女（つまりわたし）とこんなところで、親し気に会っているのを発見。その心中はいかばかりか」

「知るかよ、そんなの」

景はむくれた。拝み倒されて替え玉に手を貸したけど、事態は想定外の方向に転び、生じた問題は拡大の様相を呈している。

2

レージの朝は六時に鳴る目覚ましを止めることから始まる。

個人事業者になってから不思議と、朝起きるのがつらくなくなった。

急がず、さりとてぼんやりせずに、コーヒーを沸かす。それを、急がず、ぼんやりもせずに飲む。それからウェアに着替えてランニングだ。

道幅の広い住宅街を駆け抜けるのは、どの季節にもそれぞれの楽しみがある。七月の朝の街は、夜の気配の残る空気の中、もう職場に向かう人に「ごくろうさま」と、胸の中で唱《とな》える。自分もネクタイをして会社に通っていたときもあった。楽しくなかったなあと、つくづく思う。フリーランスの仕事は、どんなに仕事仲間に恵まれようと、最終的には孤立無援だ。不安定さを嘆《なげ》いたらキリがない。だけど、もう後もどりはできないのだ。後もどりさせてやると、神さまにいわれてもお断り申し上げる。自分には、この道よりない。つくづく、そう思っている。

スニーカーが地面を蹴《け》る音が、耳に心地《こち》よい。家の前の道路を掃除する奥さんたちとは、もれなく顔なじみになっていて、レージは一人一人に笑顔で挨拶をする。「おはようございます」「いい季節ですね」われながら、好青年だと思う。レージが悪いことをして捕まったら、あの奥さんたちはマスコミのインタビューに答えて「とっても感じの良い人でしたよ」「朝なんか、欠かさず挨拶をしてねえ」なんていうのかなと考えて、一人でにやにやした。奥さんたちがレージの職業を知ったら、やっぱり同じことをいうのだろう。別に悪いことして捕まらなくても。

あの人はどうかな。

結衣のことだ。

彼女が、レージの正体を知ったら、どんな反応をするのだろうか。

いや、そもそも結衣はレージを知らないのだ。景のことをレージと思って（レージに騙されて）、縁談を進めてほしいといってきた。

見合い写真の固い表情が、ことあるごとに胸に浮かんだ。気がつくと、レージは彼女の顔を思い出していた。否定しようとしても、気を紛《まぎ》らわそうとしても、努力は無駄に終わった。

雪田結衣の顔が、レージは好きすぎるのだ。

親には返事をせっつかれているが、結論としては断るつもりである。それも慎重《しんちょう》にしなくては、思わぬところに地雷が埋まっていそうな気がしてならない。それでいながら、レージは気がつけば結衣のことばかり考えている。

危険な兆候《ちょうこう》だった。

レージの恋はドMの恋である。レージのレは、隷属《れいぞく》のレである。

おそらく、結衣は性格ブスだろう。実際に会った景の話からしても、まちがいない。

高校時代、あの手の性格ブスにレージは振られたことがある。身も世もなく苦しい恋だった。しかし、振られただけマシだった。大学時代、そっくりな娘と付き合った。おそろしく高慢な女王さまだった。好きだけど、怖すぎて、セックスができなかった。プラトニックだった、なんてことではない。レージがインポテンツになってしまったのだ。

以来、あの顔＝インポという法則が出来上がってしまった。

ＡＶ男優としての鬼門だ。

親バレという意味でも、雪田結衣は大大大の鬼門だ。

ＡＶ男優をしていたって、将来的には結婚することがあるかもしれない。

だけど、親を通じて知り合う見合い相手とは、断じてそんなことは起こりえない。

なぜなら、今の仕事のことは身内には秘密だから。

したがって、親がどれだけ縁談を持ってこようと、百パーセント破談と決めていた。

なのに、よりによって縁談の相手は恋をせずにはいられない顔の持ち主だった。おまけにインポをともなう危険な恋だ。景を替え玉にしてお見合いから逃げたのは、好きすぎるあの顔から逃げたかったというのが本音だ。もちろん、仕事上の理由もあったが。

(美人っていうことじゃあ、美衣菜ちゃんの方が美人なんだけど)

見合いの日に撮影のあった元人気アイドル歌手は、とびきり可愛かった。

あの日は、アイドル美衣菜のＡＶデビューの撮影日で、相手役の男優として先方かられレージが指名された。つまり、特別な仕事だった。ぜえっっっっっったいに抜けられない仕事だったのである。

一方、性格ブスの結衣は、自分の指定した七月十日を変更することは、断じて許さなかった。聞くところによると、絵本作家ではなくただの暇人だから、時間の都合はどうにでもなったはずなのに、だ。

そんな結衣は、恋という形でじわりじわりとレージの理性を浸食《しんしょく》してくる。お見合いを避けてさえ、四六時中、彼の心を支配しようとする。

（おー、怖。つるかめ、つるかめ）

祖母から教えられた厄除《やくよ》けの呪文を唱えながら、マンションの階段を上った。意外に禁欲家な彼は、自宅マンションのエレベーターを使ったことがない。

帰宅すると、ストレッチとスクワットをして、シャワーを浴び、朝食をとった。撮影の終了時間は不規則だから、朝だけでもルーティンでこなすようにしている。キッチンカウンターの上に置いたデジタル時計をちらりと見るタイミングさえ、毎朝同じだ。

マンションを出ると、バイクに乗った。

今日の現場は、武蔵野市にあるスタジオだ。

二十分ほど走った辺りで、ずっと付いて来る一台のタクシーに気付いた。気のせいかと思ううちにも、左折すればタクシーも左折し、右折すればタクシーも右折した。

（なんだろう……）

尾行といったら、刑事ドラマの刑事か、探偵ドラマの探偵しか思い浮かばない。警察のお世話になるおぼえはないから、探偵か？　縁談の相手方が、レージの身辺を探ろうとしているのか？　そうだとしたら、大変だ。

やきもきしていたら、タクシーは消えていた。

（脅《おど》かさないでよね）

口をとがらせて、バイクを止めた。ハウススタジオに着いたのだ。住宅街にある一見してふつうの民家だが、ＡＶの撮影はこんなところで行《おこな》われていることが多い。玄関で靴を脱ぐと、またシャワーを浴びてから、女優に挨拶をして天気の話をした。なかなかの美人である。いかがわしい動画がインターネットでただで見られるようになってから、ＡＶ不況が進んで女優の需要が減った。ＡＶ女優業は、今や狭き門である。その競争率を勝ち抜いた女優たちは皆、高スペックなのだ。

「レージさん、今日もランニングしたの？」

「したよ。十キロ走った」

「えらいなあ。あたしも真似《まね》したら、やせるかなあ」

「絵麗菜《えれな》ちゃんは、今のままがちょうどいいでしょ」

女優とどうでもいい会話を楽しんでいると、郷沢《ごうさわ》監督が来た。

「絵麗奈ちゃん、こいつはデブ専だから、話をまともに聞くと大変なことになるぞ」

監督は、そんな嘘をいう。

「おれ好みの女になってえ」

「やっだー」

はしゃぐ女優の肩越しに窓を見ると、レージを尾行《つけ》てきたタクシーが停まっているのに気付いた。瞬間、撮影用に盛り上げた気持ちに、ひびが入るのが自分でもわかった。

「あのタクシー、怪しくないっすか?」

ADが、窓辺でオペラグラスを覗きながらいう。

「絵麗奈ちゃんのストーカーじゃないの?」

「やーだー。怖いこといわないでくださいよう」

絵麗奈がなかば可愛い子ぶり、半ば本気で怯《おび》えながら監督の二の腕を叩いた。

ADはなおもオペラグラスで、観察を続けている。

「あ、タクシーが帰った。お客だけ残りました。美人です。なんか、すんごい形相《ぎょうそう》で、こっちを見ています」

裸にバスローブを着ただけのレージは、ADからオペラグラスを借りて、そのすんごい形相の美人を見た。

（あ……）

雪田結衣だった。

（なんで……）

無数の「?」が脳髄《のうずい》をめぐった。嬉しさと怖さと困惑が、椅子取りゲームのように、せめぎ合う。結衣はAV男優としての鬼門である。疫病神《やくびょうがみ》である。その結衣が、どうしてここに来たのだろう?

（ていうか――マンションから、尾行てきたよね）

証券マンの江藤《えとう》礼司が気に入って、マンションを見張り、仕事場までついて来たのか?

証券会社の社員が、スーツも着ずに朝っぱらからバイクで武蔵野の民家（ハウススタジオは、そう見える）に直行というのは、どう考えても怪しい。でも、そこまで尾行《つけ》てくる女は、もっと怪しい。

「なんか、気味悪いっすね。追い払ってきますか?」

「たぶん、おれのこと、追いかけて来たんだと思う」

レージは困ったようにいった。

「知っている人だし。朝からバイクの後ろに居たし」

「マジか？」

郷沢監督が磊落《らいらく》な声を出す。

「そういう熱烈な女性ファンが現れるというのは、いいことじゃないか」

「そうでもないですよ」

レージは元気がない。

3

その日、レージの得物はまったく役に立たなかった。窓の外ばかりが気になっていたのだ。愛《いと》し憎しの結衣は、窓を覗くたびに同じ位置に居て、日傘越しに紫外線を浴びている。

半日にも及ぶ『勃《た》ち待ち』も空《むな》しく、撮影はおシャカになった。

「疑似じゃ、駄目すか？」

ＡＤが訊《き》くと、監督がカッカして怒鳴った。

「いいわけあるか！」

疑似とは、セックスの本番なしに、演技だけで終始する撮影をいう。ＡＶとは基本的に、撮影の都度、演じ手が本当にセックスをしているのである。

「そんなもん、だれが買うんだよ！」

監督はますます熱くなる。

空気がぴりぴりして、よけいにレージのコンディションは悪化した。レージひとりのでていたらくで、女優に、監督に、スタッフたちに、多大な迷惑をかけている。そう思うほど、彼の武器は萎えていくのだ。半日にわたりそんな生き地獄が続いた。

「すみませーん。あたし、次の撮影があるんでー」

絵麗菜が可愛い声でいい、監督が顔の横で大きな手をくるくると回して、解散となった。

一同、どんよりとハウススタジオを後にする。レージはその一人一人に頭を下げ、そのたびにさらにどんどん落ち込んだ。

もうどうなってもいいから、文句をいってやろうと表に出たら、結衣の姿は消えていた。

＊

帰宅して、実家に電話を掛けた。

惚《ほ》れただの腫《は》れただの、プライベートな気持ちをどうこうといっている場合ではない。こちらは生活がかかっているのだ。レージの人生に、結衣の入る余地はないのである。それが無理にも押し入って来たものだから、さっそくこのありさまだ。

「もしもし？　母さん？　おれ、こないだのお見合い断るから」

——え？　え？　え？　どうしたの？　大丈夫？　何かあったの？

おおありだけど、いえない。

「ともかく、断るから」

——待ちなさい、礼司。雪田さんのお嬢さんは、是非にもあんたと付き合いたいっていってきてるのよ。結衣さんは、これまでは結婚なんかしないって親御さんを困らせていたのに、あんたのことは、とっても気に入ったんだそうよ。雪田さんも喜んでいたのに、いまさら、お断りなんていえませんよ。礼司、考えなおしなさい。

母は青天に霹靂《へきれき》を見たような声でいう。息子には全幅の信頼を置いているだけあって、この反応は許せない以前に理解できないのだ。なにせ、反抗期ですら、反抗らしいこと一つしていない従順な息子なのだから。

「性格的に無理。お願いだから、断って」

――無理っていうだけじゃあ、納得できないでしょう。ちゃんと、説明しなさい。

「ともかく、きらいなタイプなの。絶対に無理だから、断ってよ」

駄々っ子のように繰り返し、最後は泣き声になって通話を切った。

その夜、結衣の父親から電話があった。スマホではなく、固定電話の方にである。

親父さんは、父の取引先の社長だが、態度は至極慇懃《いんぎん》だった。景の話を聞けば、娘可愛さに金に糸目をつけないほどの資産家だというのはわかる。金に糸目をつけないだけ、分別を失《な》くしてもいる。そんな親父さんだから、娘を否定された怒りは、礼儀正しい言葉の合間合間ににじんでいた。

――礼司くん。

この第一声で、高校の進路課の先生を思い出した。世界史の鈴木先生。閻魔《えんま》大王より怖い人だった。レージの脳内で、結衣の親父さんが鈴木先生へと変化する。条件反射で肝っ玉が縮んだ。今日、少しも働かなかった股間の商売道具まで縮こまってしまう。

――さきほど、きみの父上から見合いの断りの連絡をいただきました。しかし、うちの娘に対して『性格的に無理』とは、どういうことなのか説明をいただきたい。娘が見合いで何か粗相《そそう》でもしでかしましたか？　何か失礼なことでもいったんですか？

親の口からいうのも何だが、あれはよくできた娘だ。大事に育ててきたから、性格もまっすぐなはずです。見たとおり、容姿も良い。フランスに留学していたこともあり、人並みはずれた教養もある。何より、絵本作家になるという志《こころざし》は見上げたものだ。世界中、どこに出しても恥ずかしくない娘だと思うのは親ばかだろうか。

結衣はとびぬけた美人だが、父親の評価はそれを超えるというか、逸脱していた。

親父さんは、結衣の美点を重々しい声でさらにいいつのり、そして啖呵《たんか》を切った。

もはや、最初の慇懃さなどかなぐり捨てている。

――無理というだけでは、到底納得がゆかない。その無理という理由を、はっきりさせてもらおうか。

レージは泣きたくなった。本当に涙が出てきたものだから、声がくぐもった。

「ともかく無理なんです。ほかの人を探してください」

――ほかの人じゃ、それこそ無理だ。これまであの子は、どれだけの婿候補を断ってきたと思う？　最近では見合いをさせることすら至難のわざだったんだ。

だからこそ、当人同士だけで会うことになった。そんなことを、結衣自身も景にいっていたようだ。

——その娘がようやく気に入った相手を見つけてくれたというのに、きみが断るとは合点がいかん。あんまりではないか。

親父さんは一歩も引かない。

レージは込み上げる言葉を飲み込むだけで精一杯だ。

おたくのお嬢さんのおかげで、おれはインポになっちゃったんですよ！　AV男優がインポですよ！　営業妨害ですよ！　あんな人、絶対絶対無理！

と、いいたい。

しかしいえないレージは、子どもみたいな手に出た。

「ごめんなさい！　さようなら！」

泣き声でいって、電話を切った。電話のジャックを抜き、スマホの電源も落とす。

その夜は、先輩男優ベンケイが出演したエロ過ぎる傑作AVを観たが、股間はビクともしなかった。結衣への恋心は、もはや決定的だ。しかし、結衣を受け入れたら、AV男優は引退しなくてはならない。

（それだけは駄目）

女優のよがり声を聞きながら、ソファで眠ってしまった。

翌日の撮影も、バイクで出勤した。何度もバックミラーを見たが、尾行《つけ》られている気配はない。スタジオの外にも、怪しいタクシーは居なかった。結衣本人もだ。そして、レージは鬼のようなイメージトレーニングで、頭から結衣を追い払った。

その努力が実って、昨日のような事態には陥《おちい》らず、無事に撮影が完了した。普段のレージは年下の女優たちにさえ弟扱いされて可愛がられるたちなので、今日の成功を監督も女優もスタッフたちも、大げさなくらい褒めてくれた。

その日の撮影は一本だけだったので、寄り道をせずに帰宅した。昨日からスマホの電源を切っていたのを思い出して、起動させた。

「うわ」

結衣の親父さんからの着信が三十五件あった。意外なことに、景からも七件の不在着信が記録されている。景との関係は、レージの方が一方的に景に懐いて、アプローチするのはレージからと決まっている。景から電話があるなど、めったにないことであった。

掛けてみると、景はレージのスマホの電源が入っていなかったことに、かなり腹を立てていた。理由を話すと、「あー」という納得と呆《あき》れと諦めが混ざったような声を出された。

——あの雪田結衣だけどさ、黄花に付きまとって、『礼司さんと別れて』って迫ってきたらしいんだ。おれのこと、まだおまえだと思い込んでいて、おれの彼女を排除したいらしい。困ったよ。

「彼女、景ちゃんに本気で一目ぼれしちゃったんだね」

われながら矛盾した嫉妬が胸を満たした。

——替え玉だったことを、正直にいおうと思うんだ。

「ダメだよ。危険すぎる」

——知るか。

「それでも、彼女が景ちゃんのことを好きだという事実は変わらないと思うけど」

レージはスマホを耳に当てたまま、キッチンまで行くと冷蔵庫から缶ビールを出した。左手の親指でタブを起こすと、大きく一口飲む。苦かった。嫉妬の味だ。

「でも、お見合いの返事はしたよ。断った。親父さんが、それを撤回しろって、猛烈なんだ。さっきもいったけどさ」

——どうするんだよ。

どうすることも考えていなかったから、ひとくさり堂々巡りをした後で通話を終えた。

するとほぼ同時に着信音が鳴った。景とは充分に話したから、折り返しではあるまい。だとしたら、雪田家からの三十六回目かと身構えてスマホの画面を見たら、知り合いのAV監督からだった。

――レージ、雪田結衣って女、知ってるか？

「え？」

どうして、アダルトビデオの監督の口からその名が出るのか。問う間もなく、電話の向こうからは困惑した声が聞こえる。

「知り合いといえば、知り合いなんですけど。どうかしたんですか？」

――なんかなあ。

監督は呆れたような声を出した。

――新人らしいんだけどさ、服を脱げっていった時点で、おまえの名前を呼んで泣きまくって、手が付けられないんだよ。おまえ、今、撮影か？

「いや、家に居ますけど……」

――悪いけどさ、来てくんない？　赤羽《あかばね》の玉井病院だから。

「お……オッケーっす」

玉井病院は、院長が亡くなって今は廃院になっている。使わなくなった建物は、病院物を撮影するときのスタジオとして業界各位がよく借りていた。

（新人っていってたよね。なんで？）

レージの住む大田区から玉井病院までは、バイクでも相当な時間がかかる。その時間を費やして考えても、結衣が撮影所に現れ、泣いているわけがわからなかった。

いざ到着してみると、新人女優抜きで撮影が終わったところだった。新人女優というのは、なぜかそこに居る結衣のことだ。

「礼司さん――礼司さん――礼司さん――礼司さん――」

灰桃色の汚れたリノリウムの床に座り込んで、ナース服の美人が泣きじゃくっていた。まぎれもなく雪田結衣当人だ。形良い口から発せられるのは、レージの名前のみ。監督以下、スタッフ、男優、主演女優までがおろおろしていた。

ＡＶというのは鬼畜男の集まりのように思われるかもしれないが、基本的にはＳＭ物だろうが、レイプ物だろうが、主役である女優は大事にされるのだ。おろおろしていた心優しい面々は、レージの到着で一様に安堵《あんど》の息をついた。

しかし、問題の結衣は、レージを見てもいっそうひどく泣きわめく。

「だれよ、あんた。礼司さんを連れて来て！」

レージは手を差し伸べた仔犬に噛《か》みつかれたみたいに、面食らった。

(そっか、替え玉の景ちゃんのことをいってるのか)

レージは、泣く美女のかたわらにひざまずいた。初めて身近に接する結衣が、あまりにも美しいのに驚く。泣きどおしで化粧がくずれ、顔が上気しているのに、大学時代の女王さまよりも美しい。好みのタイプ過ぎて胸が苦しくなった。落ちるまい、落ちるまい、恋になど落ちるまい。レージは心を鬼にしようと努める。

「結衣さん、なんで、ここに居るの?」

「………」

答えが返ってきそうもないので、監督の方を見上げた。

「なんで、なんです?」

「今日がデビューらしいんだけどさ。カメラを回したら、こうなんだもん。なんでもいいから、早く、この子を連れて帰ってよ」

「いやよ、帰らない。礼司さんが来てくれなきゃ、帰らない」

「じゃあ、おれら帰るから。ナース服返してよ」

「いやよ、返さない。礼司さんが来てくれなきゃ」

「だから、レージくんが来たでしょうが、ほら」

監督が後ろからレージの肩を押した。

「こんなヤツ、ニセモノよ！」

「あー、監督、すみません。ここの片付けと戸締まり、おれがしておきますんで」

「そう？　じゃあ、帰るけどさ」

一同がぞろぞろと出口に向かう背中を眺めながら、レージは景に電話をした。

4

文句たらたらの景と、「さわらないで！」と噛みついてくる結衣を連れて、近くの喫茶店に入った。玉井病院で撮影するときはよく昼食を食べに来る、むかしながらの純喫茶だ。

景が着いたときにはさすがの結衣も泣き止《や》んでいたが、捕獲された野生動物みたいな険悪さである。お見合いの替え玉などというしょーもないことを企《たくら》んだレージが一番悪いのだが、この面倒くさい事態にはほとほと困り果てる。

白シャツに蝶ネクタイをした老店主が、レージの顔を見て「いつものね」といった。

だれも何も注文していないのに、レージの前にはアイスクリームがたっぷり入ったクリームソーダが置かれ、景と結衣にはブレンドコーヒーが運ばれて来た。仏頂面の二人が文句をいいやしないかとびくびくしたが、にこりともしないで、しかし美味《うま》そうに飲み始める。

「礼司さんのこと、探偵を雇《やと》ってしらべました」

最初に口を開いたのは、意外にも結衣だった。

「証券会社を五年前に辞めて、今はAV男優をしているそうですね」

これも意外だったが、証券マン↓AV男優という転身に対して、結衣は拒否反応を示さなかった。

「だから、わたしも昨日、モデルプロダクションに登録したんです」

「AV女優の?」

景が仰天して訊く。驚いているのは、レージも同じだ。いくらレージ(景)に一目ぼれしたといったって、追いかけてAV女優になろうとなどするものだろうか? しかも、彼女は本名でAVに出る気だったらしい。モデルプロダクションもモデルプロダクションである。昨日の今日で仕事を回すか? 世の中には、仕事にありつけずに、生活に困っているAV女優だってゴマンと居るのに。

「AVは本当にセックスしているそうですから、女優になったら礼司さんに抱かれることがあるかもしれないと思って。でも――」

結衣は、向かいの椅子に座るレージと景を見比べた。

レージはとなりに座る景を横目で見た。景の目は「いえば？」といい「おれ、知らない」ともいっていた。

「ごめん。あのお見合いは、つまり、その、替え玉だったんだ。おれが、本物の江藤礼司で、こっちが従兄《いとこ》の江藤景です。あなたが交際をやめてって頼んだ黄花ちゃんは、景の彼女さん。ＡＶ男優なのは、おれの方です」

「…………」

聞いている結衣のきれいな目が、見る見る丸くなった。その驚愕《きょうがく》がいつ怒りに変わるのか、レージはびくびくしながら待つ。

「どうして――そんなこと――したんですか」

「ごめん、それには複雑な事情があって」

だからといって、許されるものではない。レージが主犯、景が実行犯の替え玉見合いは、れっきとしたペテンである。さもなくば、ドッキリの範疇《はんちゅう》には入らないか？

「わたしのこと、断ったのは、どっちですか？」

「おれ」

レージが人差し指で鼻の頭を押さえると、結衣は微笑んだ。

「よかった」

結衣は心底から安堵し、花が咲きほころぶような笑顔になった。

その美しさは、痛罵《つうば》に等しい。

景が横目でこちらを見ていた。

＊

その夜、レージのマンションに結衣の両親がやって来た。

運よく、いや悪く、いつもはどこかで飲んでいるのに、今日に限って在宅していた。

結衣は、探偵を雇って調べたことの一切と、替え玉見合いのこと、自分がAV女優のプロダクションに所属したことを、両親には何も話していないようだ。女優のモデルプロダクションの方は、今日のうちに退職願を書いたらしいが。ともあれ、親子の間で、諸々のことがらが、情報共有されていない。

そのことについて、レージは結衣に借りを作ってしまった。レージがAV男優だったなんて、結衣の両親に知れたら、速攻でレージの家族にバレる。そこから起こる修羅場を考えると、九死に一生を得たようなものだ。結衣としても、一瞬だがモデルプロダクションに飛び込んでしまったことは伏せたいだろうし、何よりレージのことなど眼中にないから、口にもださなかったのかもしれない。……悲しいことだが。

ゆえに、結衣の両親は、レージがまだ見合い相手のエリート証券マンだと思っている。

「あの子がようやく、結婚に前向きになってくれたんです。どうか、娘と結婚を前提にお付き合いしてもらえませんか」

ああ、いっそお付き合いもしたいよ。撮影の現場でインポになる問題を棚上げすれば。

だけど、結衣の心はこっちにはないのだ。

「あの子は夢を見ることしかできない、可哀想な子なんだよ、礼司くん」

「ええ？」

おじさん、こないだは娘の才能を自慢していたじゃないか。本当はただの夢見る夢子ちゃんだと気付いていたのか？　異常に金遣いの荒い、でもお人好しで、見合いですらペテンに遭《あ》ってしまう世間知らずなお嬢さま。だけど、お見合いのペテン師は結衣のためなら東奔西走するが、彼女はもっとてひどい寄生虫みたいなおばさんに取りいるんだ」

「実は——。結衣は、三田村園江《みたむらそのえ》という悪徳コンサルタントに騙されて、洗脳されている。

そうもいえずにいたら、親父さんが先にいったのには驚いた。

憑《つ》かれている。

おふくろさんが、すかさず続ける。

「二十万円もする怪しげな水や薬を買わされ、本を出すとかで二百万円も取られ、そのほかにも毎月、法外なコンサル料をしぼり取られているんです」

三田村園江の名が、この夫婦の口から出るとは意外だった。被害の詳細も把握《はあく》しているようだ。

「なぜ、そこのところをなんとかしないんですか？」

「騙されているんだと説得したものの、結衣はまったく聞き入れないんだよ」

「お見合いをするのと引き換えに、五百万円が欲しいといわれました」

その話は、景から聞いて知っている。結衣は気が乗らないお見合いを受けるかわりに、五百万円のお小遣いを無心したという。

「あげたんですか？」

「もちろん」

雪田夫妻が胸を張ったので、レージは開いた口をふさぐのに苦労した。ねだる方もねだる方だが、あげる親もあげる親ではないか。

「あの子の生活費は、わたしたちが出してやっているんだが、結衣は無駄にしたお金を自分で負担しようと、健気《けなげ》にも親を気遣っているんだよ。親孝行な娘なんだ」

生活費は親がかり。

三田村園江に騙された金も親がかり。

気が乗らないお見合いをする代わりに親から五百万円をもらって、きっとそれも三田村園江の方に回すのだろう。

これが親孝行なのか？

「結衣はとても、一途《いちず》な性格をしているんです。結婚したら、きっと目を覚ましてくれるはずです」

一途なのは認めるが、夫にいましめられて気持ちを改めるタイプには、とても思えない。なにせ、一途なのだ。騙されたら、一直線、である。

「あの子が小さいころ、すぐ上の兄が体の弱い子で、結衣にあまり構ってやれなかったんです。それで、あの子は今でも愛情に飢《う》えているんだと思います。全て、親の責任です」

おふくろさんは、目頭を押さえた。

人間はそれくらいで変になるものではない。裸しか生きる道がないAV女優たちの苦労話を、この温室夫婦に語ってやりたい衝動を、レージは懸命《けんめい》にこらえた。レージは確かに結衣に惚《ほ》れている。身も世もなく、体に変調をきたすほど、惚れている。だけど、この親子の甘ったれ加減には呆《あき》れた。結衣は確かに、悪い人間に洗脳されているようだが、親父さんとおふくろさんよ、あんたたちも娘に洗脳されているじゃないか。

「三田村園江の方は、おれが何とかします」

「本当に？」

「なんとか、とは？」

雪田夫妻は、人形劇の人形みたいに身を寄せ合い、同じ角度で顔を上げてレージを見た。

「その女に、結衣さんから手を引かせます。そしたら——」

それからレージは長い間を置いた。

「結衣さんを弘前に連れて帰ってください」

いってしまってから、動悸《どうき》がのどの奥からせり上がった。

そんなことをしたら、もう結衣に会えない。そして、レージが仕事の不首尾に悩むことはなくなる。でも、もう彼女には会えない。

＊

その夜も翌朝も、レージはずいぶん長いことパソコンの画面をにらんでいたが、不意に電源を落とすと立ち上がった。

寝室の造り付けのクローゼットを引っ掻き回し、カジュアルだが一番高かった服を着た。

バイクに乗って向かった先は銀座《ぎんざ》である。

銀座ときたからには、きらびやかなビルを想像していたが、目的地に来てみれば、そこは路地裏の窮屈《きゅうくつ》な敷地に建つ雑居ビルだった。古色蒼然《そうぜん》としたエントランスに、テナントのプレートが掛けてある。「三田村園江コンサルティング」のプレートは、角が欠けていた。

おんぼろのエレベーターで六階までのぼり、段ボール箱の積まれた廊下の奥に、その事務所は一応存在した。いかにも、一応って感じのボロいたたずまいだ。

ノックをしたら、「どうぞ」と煙草《たばこ》焼けしたおばさんの声がした。

事務所の広さは――というか狭さは六畳ほどで、机が一つと、スチールの棚と、おんぼろの応接セットがある。ここに比べたら、渋谷とかにあるAV女優のモデルプロダクションなどは、宮殿のごとしである。あの華麗で可憐《かれん》な結衣をだますくらいだから、それくらいのレベルを想像していたレージは、大いに肩透かしを食らった。でも、顔には出さずに、にこやかに会釈した。

「どうも、こんにちは」

「いらっしゃいませ。どういったご用かしら?」

六畳間のあるじは、三田村園江本人のようだ。レージに向かって、慣れた笑顔を返してくる。着ているものは、ブランド物のスーツだが、ずいぶんとくたびれていた。整っているけれど、仮面みたいな面立ちは、美容整形のしすぎか、体同様に笑顔にまで筋肉がついているのか。五十代の美魔女の典型みたいな女だ。

しかし、どこかで会ったことがあるような印象がレージをとらえる。が、今は記憶をたぐっている場合ではない。

「おれ、一応、役者やっているんですが、こちらのことを友だちから聞いて、入会させてもらえたらなあと」

園江の作り笑顔が、本物の笑顔に切り替わった。座面が斜めになった変な形のデスクチェアから立ち上がると、レージの方に手を差し伸べながら歩いて来る。せまいから、あっという間にかたわらに来た。片手でレージの手を取り、背中にもう片方の手を当てて、応接セットに座らされた。

「それは大歓迎ですよ」

園江は自分でもレージに向かい合って座る。しわが目立つけど美しい形の目で、じっとこちらの目を見て、せいいっぱいに愛嬌を振りまいてきた。結衣さん、なんでこういうのに騙されちゃうかなあと、レージは思う。

「俳優のようなクリエイティブなお仕事ほど、こうしたコンサルがお役に立てると思います。楽になさってください。今、コーヒーをお出ししますね」

園江は事務所の壁にくっつけた、手垢《てあか》のついた食器棚に向かった。コーヒーメーカーに煮詰まっていると思われる黒い液体が入っている。それは、園江の腹の色をしていた。

クリップボードに挟んだアンケート用紙を手渡し、園江は満面の笑みでレージを見る。レージは職業上、女性と接する際にうぬぼれるという失策はしない。ホストとはまた違った力量で、女の扱いを心得ている。その手練手管の物差しが、首尾は上々と告げていた。

「書類を書いたら、少しお話をさせていただけるかしら。お時間は大丈夫？」

「午後から舞台があるんですが。ええ、まあ、劇場が近いから大丈夫です」

近くには帝国劇場をはじめ、錚々《そうそう》たる劇場があるのだが、よもや確認しに一軒ずつ足を運ぶことはあるまい。役者だというのは、ある意味で本当だから、態度にも実感がこもった。そんなレージの頭の中では、大学時代から現在に至るまで見まくった、ナンパもののＡＶが走馬灯のごとく流れている。

5

朝の九時に目覚ましが鳴る。オルゴールの『花のワルツ』だ。

結衣はベッドを出ると、パジャマのままストレッチをする。うっすらと汗をかくほど体をほぐしてから、顔を洗って着替えた。最近気に入っているのは、ヴィクトリアズ・シークレットのランジェリーと、ルームウェア。ピンクのパーカとショートパンツだ。

一人で家に居るときも、美人で居ることを忘れてはいけないと園江先生はいった。

今の時代、一人で居るときだって、一人じゃない。あなたは、下手なモデルよりもずっときれいなんだから、それなりにお金をかけてあげなくちゃ。それが、きれいに産んでくれた親御さんへの恩返しになるのよ。

園江先生の言葉は、ひとつひとつが胸にしみる。

結衣は念入りに化粧をした後、自撮り写真をSNSにアップロードする。

即座にスマホが鳴りまくった。「いいね」の洪水である。これを聞いていると、いやでも気分が上がった。

スマホの通知音をBGMにして、朝食の用意をする。朝はフルーツだけと決めていた。テレビで観たお気に入りのモデルが、そうしているといっていたからだ。イチゴとキウイと、まだちょっと高いけどスイカと、やはり高いけど桃。食べ物が体を作るのだから、しっかりと食べなくては。そして、美しい物を食べなくては。

実家の朝食のことを思いだすと、げんなりする。納豆と味噌汁と漬物、前の夜の残り物。それをケモノみたいに掻《か》き込む長兄、背中を丸めてくちゃくちゃいいながら食べる次兄、新聞に味噌汁をこぼす父親、奴隷のように走り回って給仕をする母。あの醬油の後味、味噌の後味、苦い薬みたいに今も舌の奥に残っている。あんな不格好な朝食なんて、二度と食べたくない。あんなみっともない人たちと暮らすなんて、たとえ地球が逆回転したって無理！

朝食を済ませた結衣は、洗い物をして、歯磨きをして、洗濯をして。

これで、朝の雑事は終わりだ。

モーツァルトを聴きながら、ＳＮＳの反応を見る。

口紅の色、変えました？

結衣さんの顔を見ないと、一日が始まらないです。

すごくお肌がきれいですけど、どんなスキンケアをしているんですか？

等等等。

気に入ったものに返事を書き、それにも飽《あ》きてきたら読書をする。お気に入りは断然、ロマンス小説だ。ヒロインはたいてい、自分に似ているから、ついついのめりこんでしまう。一週間くらいで一冊読破できそう。われながら、読むのが早いと思う。

読み終わったら、またＳＮＳに感想を書こう。

記憶喪失の恋人、正体のわからないナゾの美青年。二人の間で揺れる恋に身を任せていたら、インターホンが鳴った。

（なに？）

来客の予定はない。通俗的な人たちと付き合うのは疲れるから、もう何年も、このマンションに他人を招いたことなどない。結衣には、友だちが一人も居なかった。高貴な性格ゆえ、凡人とは交わらない方がいいと、園江先生もいっているから、何も恥ずかしいことではない。

だったら、セールスとか勧誘？　冗談じゃない！　いつぞや訪ねて来た見知らぬ中年女は、貴金属を売ってほしいとかいって、馴れ馴れしく結衣のことを「奥さん」と呼んだ。頭にくる！

だれであれ、住人が出入りするのを見はからって、オートロックをやり過ごして来た不審者だ。

モニターを覗くと、ドアの外に居たのは、あのレージだった。お見合いした景さんではなく、ＡＶ男優の方だ。カッと頭が熱くなった。同時に背筋がざわざわした。悲鳴を上げそうなほどいやだ。なんで、あの男がこの住まいを知っているのか？　両親に訊いた？　まさか。

――どうしても、お話があって来たんです。渡したいものがあって。

レージは、一所懸命そうな声でいった。演技に決まっているけど、下手な演技ではなかった。

「わたしは、いいたいことも聞きたいこともありません」

そういうくせに、結衣はドアを開けてしまった。他人を見下《みくだ》す癖のある結衣は、警戒心というものを持ち合わせていなかった。そして、どんなに邪険な態度をとっていても、お客も侵入者も不審者も、等しく迎え入れてしまうのである。箱入り娘ゆえのお人好し——間抜けといってしまえば、それまでだ。

「何よ、いいたいことって」

レージが、自分に見とれているのを意識した。不機嫌のうちにも、気分が良い。

「お見合いで替え玉を使ったことを謝りたくて」

「職業詐欺」

結衣は澄んだ声でいい放った。

しゅんとするレージを見たら、嗜虐《しぎゃく》的な愉《たの》しさが胸に広がった。だから、ちょっと調子にのっていいつのった。

「しかも、AV男優だなんて、恥ずかしくてわたしの前に来られなかったわけ？　だったら、お見合いなんてしなけりゃいいじゃない。ええ、わかってる。うちの親の圧力には、逆らえないわけよね。本当に打算的な親子ね」

「おれのことはどういってもいいけど、親のことは悪くいわないでください」

レージの顔に怒気がよぎるので、結衣は内心でドキリとする。なんで、こんな男に脅かされなくてはならないのか。そう思って、精一杯に皮肉をいった。

「あら、親孝行だこと。で、今日はどのつらをさげて来たのよ。恥は克服《こくふく》したの？」

「おれは、別に自分の職業を恥ずかしいとは思っていません。アダルトビデオは、日常的にやり場のない性欲を始末するのに、絶対に必要なものだ。江戸時代、枕絵が必要とされ、性教育の教材になっていたのと同じです。絵を描いたり、文章を書いたり、音楽を作ったり、そういう仕事が当たり前のように大事にされるのに、もっと人間の根源に向き合った仕事をしているおれたちが冷遇《れいぐう》されるのは間違っています」

「わざわざ、そんなことをいいに来たわけ？」

　AVが人間の根源？　この人は、何を馬鹿なことをいっているのだろう。レージの主張は、少しも納得できなかった。

「わたしはAVなんて興味ないし、必要ないですけど。モデルプロダクションに入ってみたのは、景……さんに会いたかったから。それだけです。あなたになんか、会いたくない。顔も見たくない。声も聞きたくない。大きらい」

　大きらいといった瞬間、目の前に居るレージの目がじわっと潤《うる》んだ。

　男の人を泣かすなんて生まれて初めてのことなので、結衣は内心で慌てた。その隙《すき》を突かれたことに、結衣自身は気付かない。レージは結衣の手の中に、鍵を一つ押し込んできた。ピッキング対応でもない、安っぽい鍵だ。

「三田村園江のマンションの鍵です」

「あなたが、なんで——？」

結衣は唖然とした。

「今月の二十五日、三田村コンサルタントの会員交流会がありますよね。パーティが終わったら、三田村園江のマンションに行ってください。だれにも見つからないように。そして、寝室のクローゼットに隠れていてください」

「はあ？」

結衣は呆れて笑おうとしたけど、顔が引きつった。

「そんなこと、わたしがするわけないじゃない」

「お願いします」

「行かないわよ。絶対に」

「三田村園江の本性を、結衣さんに見せてあげます」

「——あなた、園江先生に何をするつもり？」

レージは答えずに立ち去った。結衣は鍵を突き返すことに思い至らなかった。

＊

会員交流会は赤坂《あかさか》の東京エメラルドホテルの広間で開かれた。

園江はスピーチで、本当は帝国ホテルを借りたかったのだけれども、会場が取れなかったのだと冗談交じりにいい、会員一同は思いやりのある笑い声をあげた。園江先生には、帝国ホテルが釣り合うと、お追従《ついしょう》がそこここから聞こえる。

着飾った会員たちは、だれもがキラキラしていた。

その中でもひときわ輝いているのが、結衣だ。

特定の友だちと群れなくても、次々といろんな人が結衣に話しかけてきた。ネイルサロンのオーナー、エッセイスト、カメラマン、医者、シャンソン歌手。

けれど、園江先生とはまだ話せていない。きょろきょろと探して、ようやく姿を見つけた。どうやら、新入会員を皆に紹介するのに追われている様子だ。こんなイベントでは、たいていは結衣を相棒のように横に置くのに、なんだかおもしろくない。

いったいどんな輩《やから》が園江先生を独占しているのかと思って目を凝らしたら、そいつはホストっぽい装いの、軽薄な感じのする若い男だった。

「え……」

水滴のしたたる冷たいグラスを、結衣は茫然《ぼうぜん》とテーブルに置いた。

園江先生と居るのは、あのレージなのだ。

(なんで、あの人がここに居るのよ)

——三田村コンサルタントの会員交流会がありますよね。パーティが終わったら、三田村園江のマンションに行ってください。だれにも見つからないように。そして、寝室のクローゼットに隠れていてください。

——三田村園江の本性を、結衣さんに見せてあげます。

わさわざ家に押し掛けて来て、そんなことといっていたけど。あの男は、園江先生にいったい何をする気なのか。やきもきしていたら、二人がまっすぐに結衣の方まで来たので、ようやくのことで平静を保った。

「結衣さん、新しい仲間を紹介するわね。俳優の江藤礼司さん」

俳優? よくいうわ。

行儀悪い罵倒《ばとう》をのみこむのに必死な結衣の前で、鉄面皮なレージはいかにも感じの良い笑顔を作る。

「はじめまして。よろしくお願いします」

「は――はじめまして」

呆れてしまって、相手に調子を合わせることしかできなかった。

その日は、レージが園江先生にべったりくっついたまま、離れようとしなかった。

結衣は始終《しじゅう》、やきもきしていた。相変わらずの人気者の彼女は、次々と話しかけられるものの、目は園江先生から離すことができず、上の空である。

レージはいったい何を企んでいるのか。

ここは、あんな人が来るところじゃない。人間の根源と向き合っている自分たちが冷遇されるのは間違っているとかいっていたけど、そんなにえらいＡＶ男優だから、園江先生を独占するというのか。園江先生のとなりは、わたしの居るべき場所なのに！

「園江先生、前にお話ししていた、わたしの本のことですけど――」

「あ、ごめんなさい。また別の機会にしましょう」

軽くあしらわれて、遠ざけられてしまった。

こんなときに、踏み込んでいけないのが、結衣の弱点だ。

一次会が終わると、会員たちから二次会に誘われた。けれど、結衣は逃げるようにして、園江先生の姿だけを探した。このまま、レージと二人きりにしてはいけない。

エレベーターに乗るのを見つけて追いかけたけれど、無情にもドアが閉まってしまった。

いらいらと次の箱に乗り、一階におりる。

広くもないロビーを横切った二人は、肩を寄せ合うようにして自動ドアを抜け、タクシー乗り場に直行した。追いかけて何ていうのか。その男は危険です。AV男優なんです。だけど、そんなことをバラしてしまうのは、ちょっと可哀想だろうか。

逡巡《しゅんじゅん》する間に園江先生たちはタクシーに乗り込んでしまい、慌《あわ》てて結衣も別のタクシーに乗り込んだ。園江先生の住まいならば、何度か行ったことがある。レージの思わせぶりな予告からすると、やはりマンションに向かうのだろう。結衣は前のタクシーより先廻《まわ》りするように、運転手に近道を告《つ》げた。

結衣がタクシーを降りたとき、園江先生たちを乗せたクルマも到着したところだった。

慌てて建物のうらに隠れると、園江先生とレージは一階に入っているコンビニのドアの中に連れだって消える。

結衣は考える間もなく、エントランスに飛び込むと、エレベーターの前に立って園江先生の部屋がある八階のボタンを押した。オートロックじゃないから不用心だといつも注意していた自分が、まさかこんなスパイみたいなことをするとは思わなかった。

しかし、これも園江先生を守るためである。

レージに渡された鍵で、レージにいわれたとおりに寝室のクローゼットの中に隠れる結衣は、これが命じられた行動だと意識もしていない。ただ念じるのは、レージから園江先生を守らなければという一点のみだった。

しかし、閉め切った夏のクローゼットの中は、予想以上に暑かった。パーティ会場に居たときは上の空で、すすめられるまま烏龍茶をがぶ飲みしていたので、それが全部汗になって、ドレスの中を流れ落ちた。しかし、水分が不足していたら、脱水症状でも起こしそうである。

その暑さは、まもなく解消された。

ほかでもない、園江先生とレージが寝室にやって来たのである。

クローゼットの透かし戸から部屋をうかがっていた結衣は、園江先生がその戸を開けそうになったので、本当に焦《あせ》った。ことここにいたっては、もしも見つかってしまったら、警察沙汰になるぐらいの怪しいことを結衣はしているのだ。いまさらながら、こんな窮地《きゅうち》に陥れたレージを恨《うら》んだ。

（来ないで――来ないで）

早足で近づいたレージが園江先生の肩に手を掛け、背中のジッパーを下げた。先生はしなだれつくようにして、レージの腕の中に倒れ込む。レージが身をかがめて、園江先生と顔を重ねた。キスをしているのだ。

「…………！」

結衣は両手で口を押さえて悲鳴を飲み込んだ。

レージは園江先生をベッドに座らせると、すたすたと歩いて来てクローゼットの戸を開けた。汗だくで身をこわばらせている結衣を見つけると、少しも驚かないで、にっこりと笑う。ズキッと下半身が熱くなった。およそ、異性に欲情を覚えたことのない結衣は、自分を襲ったその変化にパニックを起こしそうになった。

レージはシルクのガウンを取り上げると再びクローゼットを閉じ、そのまま園江先生に覆いかぶさった。

駄目よ、いけない子ね。とかなんとか。園江先生が嬌声《きょうせい》を上げ、レージが官能的な手つきで園江先生の着ているものを脱がせていく。

（うわ――うわ――うわ――）

飛び出していって先生を助けなきゃ。

そう思ううちにも、下半身が熱くなってきて、その場にへたり込んでしまった。

ガタンと音がして、園江先生が怪訝そうに半身を起こす。

「だれか居るの？」

「居る。スケベなお化け。おれたちのすることを、覗いてる」

礼司がすでに裸に剝《む》いた上半身にくちびるを這わせだし、園江先生はあえなく陥落《かんらく》した。

ふたりは見る間に素っ裸になって、一つになって、うごめきあった。園江先生はものすごくいやらしい声を上げて、上になったレージの背中に脚をからませたり、髪をぐちゃぐちゃに撫でたりする。

（なんで？　……なんで、こんな？）

結衣の目から涙がこぼれだした。さっきはつい欲情してしまったけど、今はひたすら怖かった。そして、おぞましかった。二人の接着した部分から出る濡れた音が、いやでいやでたまらない。園江先生の「あー」とか「おー」とかいう声が恐ろしい。

……っていうか、あまりにもみにくい。

あろうことか、そんな園江先生の姿を、レージはスマホで撮影していた。園江先生は、恥ずかしくないのか、いよいよ盛大に「あー」とか「おー」とかいって、すごい顔をする。なんだか、撮影されているのを喜んでいるみたいだ。

（ハメ撮りっていうのよね……）

結衣だって、モデルプロダクションに入るとき、前もってネットで予習していた。ハメ撮りだの潮吹きだのナンだのカンだの、すごく恥ずかしい言葉を、ちょっとだけわくわくしながら覚えた。しかし、ネットの記事で活字を読むのと、実物を見るのとでは、大違いだ。見ているうちに吐き気がしてきた。声を出して泣きたい。

結衣が恐慌《きょうこう》状態に陥っているうちに、二人は絡み合うのをやめ、盛んにキスした後でレージがベッドを出た。素っ裸だ。結衣は目からボロボロ涙をこぼしながら、息を殺している。

「これ、売り物にしていい？」

レージがスマホを肩のあたりで揺らしてみせる。

（はあ？）

結衣は滂沱《ぼうだ》の涙にぬれた顔を、人知れずきょとんとさせた。

レージは、たった今の濡れ場の映像を、売り物にしていいかと、訊いているのだ。

（なんで？）

部屋の温度がガクンと下がった気がした。

「何いってるのよ」

園江先生が、ようやく正気にもどったような声を出した。しかも、これまで聞いたことのないような怖い声だ。長年の喫煙でしゃがれた声は、迫力があった。

それに対して、レージは相変わらず好青年の仮面をかぶり続けている。それが、わざとらしくて、かえって不気味だ。

「だまして、ごめん。おれは俳優じゃなくて、AV男優なんだ。だから、セックス、上手かったでしょ。先生も、なかなかのものだったよ。最近ね、AV買う人の年齢層が上がっているから、先生みたいな熟女ものが受けるんだよね」

レージは下着を付け、床に脱ぎ捨てたパーティ用の服を、手際よく身に着ける。

「これを表に出すのがイヤなら、雪田結衣から手を引いてよ」

突然に自分の名前が出て、結衣ははっとする。

「結衣さんを騙して、本を出してやるとかいって金を巻き上げて、インチキ薬を売りつけて、コンサル料とかいって大金を騙し取って。そういうの、もうやめてほしいんだ。

別に、あんたのやっていることを全部やめろといってんじゃない。おれは正義のヒーローっていうわけじゃないから。でも、結衣さんを騙すのだけは、やめてくれ。じゃなかったら、これを売り物にするよ。メーカーに売れないっていわれたら、ネットに流してやる」

クローゼットの中の結衣は、頭に血がのぼった。

この男は、何を馬鹿なことをいっているのだろう。

わたしが先生から受けている恩恵を、こんな形で取り上げるというの？　わたしのチャンスを、こんなことをして潰そうというの？　何の恨みがあって？

今すぐここから飛び出して行きたいけど、そうしたら園江先生に恥をかかせる。そもそも、レージにいわれたとおりに、こんなところに入り込むなんて馬鹿みたい。これからどうしたらいいのだろう。みんなあのエロ男優のせいだ。園江先生がだれにもいちばん見られたくない姿を、わたしに見せつけるなんて。

「脅迫する気？」

胸をシーツで隠して、園江先生は上体を起こす。顔がこわばっている。

「お願い、やめて。そんなことしないで」

そういってから、園江先生はなぜだか、にやにやし出した。

「なんていうと思った？」

「え？」

レージが、虚をつかれた顔になる。

クローゼットの中で、結衣は何やらすごい違和感を覚えた。園江先生は、こんなシチュエーションで何を笑っているのだ。園江先生の力で、人脈で、奥の手で、この無礼者をやっつけようというのか？　だけど、どうやって？

「ナンパビデオは、本人の承諾書がなければ営業用に使えません。そもそも迷惑防止条例が改正されたから、都内でナンパビデオは撮影できないはずよ」

「どうして、そんなことを知ってるんだ」

旗色が怪しくなって、レージの声から余裕が消える。結衣は胸がすく心地がしたけど、一方で園江先生の余裕な態度が、なんだか怖くなってくる。そこに居る園江先生は、結衣の知っている園江先生とは別人のような感じがした。

「そりゃあ、知っているわよ。あたしの顔、ご存知ない？　だったら、この体、ご存知ない？」

レージは長いこと黙りこくり、それから愕然とつぶやいた。

「うそだろ」

「ようやく気付いた？　これでもむかしは『痴女シリーズ』で、業界トップの女優だったんだから」

レージの目が丸くなる。

それにも負けず、クローゼットの中の結衣の目が丸くなる。

業界トップとは、何の業界だ。『痴女シリーズ』って、そのおぞましいタイトルは何？

「——美田ソノエ？　あの伝説のエロいAV女優？」

レージの態度に、少なからぬ感激と尊敬が混じった。

クローゼットの中で、結衣の顔がぐにゃりとゆがんだ。園江先生が、AV女優だった？

（まさか——まさか——そんなこと、あり得ない。あっちゃ、ダメなことよ）

しかし、園江先生は勝ち誇って胸を覆っていたシーツを、ガバリと開ける。恥ずかしげもなく、胸が丸出しだ。結衣は目を覆った。しかし、園江先生の得意げな声は、いやでも耳に入ってくる。

「その映像、流そうが売ろうが、好きにしてくれていいのよ。最近の熟女ブームで、こっちも女優に復帰しようかと思っていたくらいだから、いい宣伝になるわ。あたしが復帰したら、今どきのAVアイドルのデビューどころじゃなく、話題をさらうわよ」

「確かに」

レージは完全に腰砕けだ。

結衣は頭が真っ白になってゆく。レージとは反対に、園江先生への信頼と感動が、拭い去られて、からっぽになる。いや、からっぽになるだけならいいけど——。

「悪いけど、あの結衣って子を手放す気はないから」

豹変《ひょうへん》した園江先生の口から自分の名が出て、結衣はわれに返った。

「ああいうドンくさい田舎っぺが、一番おいしいエサなのよ。どんな馬鹿話でも、感謝感激百パーセントで騙されてくれるんだから。下手っくそな絵をおだてて、その気にさせたら、面白いくらいに引っかかってくれちゃって。まだ六百万円ぽっちしか貰《もら》ってないんだから、その十倍は貢がせるわよ。最近、親御さんから五百万円のボーナスをもらったというから、それもさっそくいただかなくちゃ。ひっくり返してもお金が出てこなくなったら、それこそAV女優でもさせようかしら。——っていっても、あれじゃあ、脱がせても、揉《も》んでも、しゃぶっても、何もできないで転がっているマグロちゃんね。とうてい、お客の鑑賞に堪《た》えるような玉じゃあないわ」

レージは、おたおたしている。

結衣は完全に目が覚めた。

今まで見せられていた夢は、甘くて眩《まばゆ》くて、そして馬鹿みたいだったのだ。馬鹿はわたし。そう気付いたら、美しく年齢を重ねた賢い人生の先輩が、心に汚物《おぶつ》をつめた悪魔だということがわかった。

結衣は、髪もドレスも汗だくの姿でクローゼットから飛び出した。

「だれが、お客の鑑賞に堪える玉じゃないって？　だれがドン臭い田舎っぺだって？」

場が凍り付く。

自分で仕掛けたくせに、レージまでもが驚いていた。美田ソノエの逆襲が思いがけなくて、結衣のことを忘れていたようだ。

それ以上にソノエが慌てた。今さらだがシーツで胸を隠して、結衣の知っている仮面をかぶり直す。

「ちがうのよ。この男が無理やりあたしにこんなことをするから、怖くて、思ってもいないことをいったの。だって、この男、あたしの裸をネットに流すっていうのよ」

「いまさら、しらじらしいからやめてください。すごく、かっこ悪いですから。まったく、幻滅。ほんと、わたしってドン臭い田舎っぺですよね。あなたなんかに騙されていたんだから」

いい放ってから、レージを睨みあげた。

むらむらと狂暴な気持ちが込み上げてきて、気が付いたらその横っ面を張っていた。

ポカンとするレージをもう一度睨んでから、走ってマンションを出た。

夜道は昼間の熱が残って、風が暑かった。信号や街灯がにじんで見えて、結衣は自分が泣いていることに初めて気付いた。涙はどんどんあふれて、泣き声がほとばしり出た。口惜《くや》しくて、情けなくて、馬鹿らしくて、泣き声は知らぬ間に笑い声に変わる。すれちがう人たちが不気味そうに振り返り、パトロール中の制服の警察官につかまって、職質された。酔っ払いと間違えられたらしい。素面《しらふ》だとわかれば、もっと面倒くさいことになりそうだ。

交番でお説教されて、解放された。

華奢な靴のつまさきで石を蹴りながら歩く。自宅にもどってみたら、親指の爪から血が出ていた。痛くて、泣いた。

＊

結衣は自宅で焼いたパンを持って、レージのマンションを訪れた。

インターホンの前で「お部屋に入れてほしいんですけど」というと、レージは「もちろん、いいよ」とか「ちょっとだけ待って」「ごめん、待って」とパニックに襲われているようだ。
二、三分、待たされた。部屋の中でドタバタする気配が、ドアごしに伝わってきた。
「ちらかっているけど」

なるほど、2LDKの住まいは、どこもまんべんなくちらかっていた。広くもないリビングに景も居たから、今度は結衣の方がびっくりした。

景もやっぱり慌てて、テレビのリモコンを持っておたおたしている。床に落ちているVHSビデオのパッケージを見た。今よりかなり若い三田村園江（美田ソノエ）が、全裸で獣みたいにひざまずいて、こちらを振り返っている姿が印刷されていた。

これまで本人の口から出た、いろんな甘い言葉が頭をよぎって、カーッとなった。このジャケットがこの人の本性。クローゼット中で聞いた罵詈《ばり》雑言が、この人の本音。いや、あれは客観的な事実だ。結衣の現実なのだ。そう思ったら胸が痛くなって、チクリと顔をしかめた。

悪いタイミングでレージが近づいて来たから、思わず怖い声を出す。

「両親に、わたしを弘前に帰らせろっていったそうね。それ、よけいなお世話だから。もう二度と、わたしの人生に口を出さないで」

「ごめんなさい」

レージは叱られた犬みたいに、落ち込んだ。

景が何もいわずに、困った顔で結衣とレージを交互に見る。

結衣はきまり悪くなって、勝手にずかずかとキッチンに入った。持参したパンで、サンドイッチを作る。実のところ、絵は下手だが、料理は玄人はだしだ。

玉子サンドに、照り焼きサンドに、野菜サンド。会心の出来栄えのサンドイッチを三人で食べながら、『痴女シリーズ』のビデオを観た。レージが隠そうとしていたのを、無理に取り上げてビデオデッキに入れたのだ。こんな機会でもないと、AVなんて一生観られないからだ。

おしりが大きすぎると、結衣はいじわるな声でいった。

絡みが演技っぽいと、景が意外にツウみたいなことをいう。

この時代は、まだ疑似が多かったからと、レージがえらそうに答える。

疑似ってなあに？　そう訊くころには、この二人とずいぶん親しい気がしてきた。

疑似ってのは、本番をしないで演技をすることだと、レージが教えた。

「レージさん、それからひとついっておくわ」

結衣がはったと見据えると、レージは怯えて背筋を伸ばす。

テレビの中では、美田ソノエが「うっふ〜ん」といっている。

「ありがとう」

そういって笑顔を向けたら、レージは目と口を丸く開けて、手をばたばたさせた。

「は、はい――。こちらこそ、あの――」

テレビの中では、ソノエがまた「うっふ〜ん」と繰り返した。

第三話

秘密

第三話　秘密

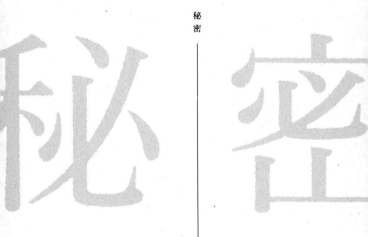

1

黄花《きはな》が、弁当屋『明日屋《あした》』の開業に向けて、オフィス街から小路《こうじ》に入った物件を借りた。

前にも総菜屋が入っていた場所で、いわば居抜きなので、その後の設備投資がほぼ要《い》らないとのこと。

いいだしっぺの黄花は、まだ会社を辞めていないものの、断固として本気だ。景はそれに引きずられる格好で、店の模様替えなど始めた。

すると、それぞれ個人事業者であるレージとその仲間たちが、空き時間に押し掛けて来て手伝っている。

密夫《みつお》は、中堅どころのAV男優で、レージより年下だが、芸歴は密夫の方が長い。意外なことに、レージは業界では『トップ男優』と呼ばれる地位にあり、実質には先輩である密夫もレージには敬語を使っている。

新川《あらかわ》は汁男優だ。なかなか品のない呼称だが、仕事の内容がそのものズバリである。撮影のクライマックス、女優の顔に精液をぶっかける役目だ。汁男優には上汁、中汁、下汁という階級があり、新川は気の毒にも最下層の下汁に属する。上中下で何が違うのかというと、撮影時の立ち位置である。下汁は上とか中よりずっと後ろから、女優の顔をめがけて射精しなくてはならないから、すこぶる不利だ。まるで、鮭の産卵風景のごとくである。汁男優は、いわばAV男優の下積みだ。新川はレージより年上の三十二歳で、この世界が好きで、家電メーカーの営業マンを辞めて汁男優専業になった。収入が少ないので、アルバイトをしながら業界にしがみついている。

この二人にレージを加えて、明日屋でせっせと働いているかというと、そんなことはなく、イートインスペースのカウンターに座り込んで、おばちゃん化してダべっている。

あの女優の○○が××だとか、昨日の撮影の△△はかんべんしてほしいっすよとか。で、今日は密夫がしょげ返って、あとの二人がせっせと慰《なぐさ》めていた。本気モードの黄花が、退職前の有休消化で男たちに混ざって働きながら、ときどき気の毒そうな視線をよこした。いつもなら「仕事しないなら帰れ！」と一喝する景も、今日ばかりは怒れずにいる。

今日の密夫は、まことに気の毒なのである。

ＡＶ男優だという事実が、恋人の美緒《みお》にバレたのだ。

美緒は和歌山《わかやま》県出身の女子大生で、二十一歳。友だち同士でおっかなびっくりＡＶを借りてきて観ていたら、自分の彼氏が出演していた。そのショックのほどは、想像に難《かた》くない。密夫はメールで「しばらく距離を置きたい」と告《つ》げられ、それから着信拒否された。最後に声も聞かせてくれなかった。弁解の機会もなかった。仮に弁解のチャンスがあったところで、ＡＶ男優はＡＶ男優である。開き直るよりほかに、できることなどない。

美緒たちが観たのは、比較的ソフトな内容だったというから「良かったじゃんか」とレージがいったけど、少しもなぐさめになっていない。

「景、クルマ出してくんない？　ちょっとマスキングテープが足りないんだ。それから、Ｓ字フックがほしい」

「オッケー、オッケー」

カップル二人は、エプロンを脱いだり軍手をはずしたりして、外出の用意をする。

「レージくん、留守番お願い。少しは働いてよね」

「はいはーい。黄花ちゃん、おれ、チーズバーガー食べたい」

「わかった。皆の分買ってくるから、働いてなさいよ」

「はいはーい」

二人が出かけた後も、男優たちは少しも働かないで、口ばかり動かしている。

「だいたいベンケイさんなんて、おれの十倍くらい経験値あっても、奥さんにもバレないで家庭円満じゃん。ずるいよ」

密夫はいじけて、カウンターに指をすべらせる。

それを聞いた新川が、真に受けて目を丸くした。メタルフレームの眼鏡をして、まだサラリーマン時代を彷彿《ほうふつ》とさせる生真面目《きまじめ》な風貌だから、変顔がよけいに変に見える。

「すげー。十倍……すげー」

十倍なわけがないとレージは思ったけど、新川の反応が面白いから訂正せずにいることにする。

「密夫くんはセックス経験人数、何人くらい？」

レージが訊《き》くと、密夫は指を折って数えているような顔をした。

「おれ、だいたい二千人っす」

指を折る意味がない。

「その十倍ったら、二万人じゃん」

レージが笑った。新川はまだ「すげー」と真に受けている。

「レージさんだって、スカトロの大王だから、毎朝、自分のうんこを食うんですよね」

密夫がとんでもないことをいうと、新川がまだ「すげー」といっているので、レージは爆笑した。

「いやいや、おれ、そっち系苦手だから」

新川の肩を、トントン叩いてやった。

「密夫くん、話盛るから」

「皆、おれより変態のくせして、すげー幸せじゃん」

密夫はレージに彼女ができたことをいっているのだが、結衣《ゆい》はまだまだ遠いところに居る。電話番号を教えてもらって、天にものぼる心地《ここち》になっているのだから、高校生レベルである。

「バレはなー。どこかで覚悟しておかなくちゃなー」

レージがAV男優であることは、結衣にはとっくにバレている。だから、覚悟なんていう言葉も、どこやら他人事《ひとごと》だ。

密夫は難しい顔で視線を宙に遊ばせ、鼻から太い息を吐いた。

「おれはね、AV好きですよ。百年後にはなくなっている商売かもしんないけど。でも、百年後に、人間そっくりのロボットがセックスするのを見て興奮するなんて、不健康じゃないっすか。人間と人間がさ、究極の部分でくっつき合うから、AVの意味があるわけじゃん。いやらしいってより、おれらの存在そのものでしょ、AVって。食欲が良くて、物欲が良くて、知識欲が良くて、なんで性欲だけ悪いんすか？」

「って、美緒ちゃんにいえなかったわけね？」

「いえなかったっす。つーか、着信拒否されてますから」

密夫はカウンターに突っ伏した。

「密夫くんは、えらいよ。そういうポリシーをもってるんだから」

「彼女さんも、きっとわかってくれますよ」

レージと新川は懸命《けんめい》になぐさめの言葉を探したが、密夫を救うには足りなかったようだ。

2

ベンケイは四十五歳になるベテランの男優だ。

妻と二人の子どもが居るが、ＡＶの仕事をしていることは知られていない。そのことが、業界内でも奇跡としてたたえられている。愛妻家で子煩悩《こぼんのう》なベンケイは、若い男優たちにとって、理想の将来像でもあった。

レージたちが明日屋でダべっていた日から数日後のこと、仕事を終えたベンケイは帰路についていた。その日の撮影は午前中に始まった一本だけだったので、仕事は夕方前には終わった。夏の太陽は、まだ高い位置にあった。

久しぶりに、夕食前にビールでも飲もうか。

わが家のことを思うと、胸にじんわりとした幸せが広がる。

家は借家だが、庭付きの戸建てだ。古い家なので、家賃は安い。家族で住むとなると、集合住宅より戸建ての方が割安で快適だと思う。

息子は妻の連れ子で、まだ幼い娘はベンケイの子だ。二人の自転車は前庭に置かれ、花壇には妻が丹精《たんせい》した草花が植わっている。ベンケイは何度聞いても名前が覚えられない花ばかりだが、何度眺《なが》めても美しく咲いている。

リビング——というより、畳敷きだから居間というべきだが、その居間の壁には娘が描いたクレヨンの絵が貼られている。棚に飾っているのは、家族旅行のときに写した家族写真だ。

マイホームは、幸せの結晶だ。

家族は、ベンケイの命そのものだ。

AV男優になりたてのころは、名前のとおりにやんちゃだった。家庭を持つことなど、考えてもいなかったし、興味もなかった。むしろ、あるがままの人生を送るには、家族など足かせにしかならないと思っていた。

馬鹿だった。こんな幸せに背を向けていたなんて、馬鹿の極みだ。

それなのに、こんな幸せを手にすることができたなんて、奇跡としかいえない。

ベンケイは妻にも、そろそろ分別がつく年頃の息子にも、自分の職業をカミングアウトしていなかった。映像会社に勤めていると、あたりさわりのないウソをついていた。撮影が早く上がっても深夜に及んでも、いいわけがつくと思ったからだ。

息子は反抗期で父親の職業のことなど、たとえ興味があってもおくびにも出さないだろうし、妻は従順な性格だ。だから、二人とも今のところは深く追及などしてこない。とりあえずは、安心である。いつまでも、このままではいられないとはわかっているのだが……。

どうして、今日に限ってこんなことを考えるのだろう。

それは、虫の知らせというものだったのかもしれない。

帰宅したら、客が来ていた。

福田——妻の前夫だ。変に動作がクネクネしている気持ちの悪い男である。教師にあるまじき、サラリーマン精神の高校教師。つまり、イヤなヤツだ。向こうも、こちらへの印象はご同様かもしれないが。

妻が福田と離婚したのは、父親ぎらいの息子の反抗が、度を越えてしまったからだった。ともかく従順な妻は、自分だけなら蝦蟇《がま》ガエルとだって耐えつつ添い遂げるようなタイプだから。

その妻が、夫婦みたいに福田と寄り添って、ベンケイを睨んでいる。

「これは、なに？」

所帯疲れして、まったく白魚のごとくじゃなくなった手で、妻は平たい肉色の板のようなものを差し出してきた。

（わ……！）

ベンケイが出演しているAVのDVDだった。

悪いことには、レイプものだった。……もちろん、やらせだけど。この撮影が終わった後で、女優やスタッフたちと、仲良くオヤツのお焼きを食べたのを覚えている。

「どうしたんだ、これ」

そういってみたが、ことここに至っては、どうしたもこうしたもないというのが、妻のいい分だとはわかっている。バレてしまったのだから。

それでも、妻は律儀《りちぎ》に説明した。

匿名《とくめい》で、妻あてに送られて来たのだ、と。悪意のこもった手紙も添えられていた。ベンケイのセックス経験相手の数は、二万人と告発している。大ウソだ。経歴が長いから自然と撮影本数も多い方だが、それでもせいぜいが五千人くらいだ。

そういったら、福田が例のクネクネした身ごなしで、怒った声を出した。

「二万人だろうが、五千人だろうが、わたしたちから見れば同じく天文学的数値だ。家内は——」

家内は——。

福田がそういったので、ベンケイは憤然《ふんぜん》となる。

今は家内ではないのに、この男はそういいきった。元をつけろ、元家内といえと、ベンケイは心の中で叫ぶ。だけど、ベンケイも空気を読まずにはいられなかった。今は、そんなことをいえるシチュエーションではない。

「家内は、わたしとオタクの二人しか知らん。はなはだ不公平だな。オタクは一九九九九回も浮気したのだ」

四九九九回なんだけど、と思うが、もちろんいえない。

「そうよ、そうよ」

妻が福田の尻馬に乗った。DVDをつかんで、振りかざす。

「あなたが、こんなことをしていたなんて――。映像制作会社に勤めているなんていって――。毎年、確定申告をしているから、何か変だと思っていたけど、やっぱりあたしたちを裏切っていたのね。こんなひどいDVDに出ているなんて――。この女の人にだって人権はあるのよ。親御さんも居るのよ……」

妻は、泣きだした。何か論点が微妙にズレている。妻には、ちょっとそんなところがある。

「いや、これはやらせだから。ウソなんだから。AVっていうのは、そういうもので、撮影が終われば皆が仲良しで……」

「そういう問題ではないだろう」

また、福田がしゃしゃり出てくる。

「これは騙《だま》し討ちってものだ。誠也《せいや》を、こんな鬼畜《きちく》の居る家になど置いておけない」

誠也というのは、妻の連れ子、つまり福田の息子だ。だけど、今はベンケイの息子である。しかし、そう声高に主張できる場面ではないような気がする。職業を偽ってきたベンケイは不利なのだ。

「だから――」

ベンケイは、こわもての眉毛を下げて、懸命《けんめい》に訴える。

「黙っていたのは悪かったけど、AVっていうのはそんなに悪いものではなくて、世の中にはなくちゃいけないもので――」

「なくていいわよ！」

妻が金切り声でいった。

「これから誠也の学校に行って、綺良《きら》と三人でこの家を出ます！」

「出るって」

ベンケイは言葉を失った。

さっき、胸にかみしめ酔いしれていた幸福が、崩れてゆく。

「どこに行く気なんだ」

妻は答える代わりに、福田と目を見かわした。

ベンケイは愕然《がくぜん》とする。

（ま、まさか――）

福田の元へ行くというのか。出世の亡者で、性格極悪の、イヤミ野郎のところに。どんな罵言《ばげん》を浴びせられたよりもショックだった。ベンケイは完全にノックアウトされた。

3

撮影はお昼で終わったが、昼食をとってから解散することにした。レージが、明日屋の試作品弁当を、差し入れたのである。

ハウススタジオの控室で、郷沢《ごうさわ》監督、女優のジュリ、カメラマン、AD、男優陣はレージに密夫に新川が、思い思いの場所で弁当の蓋《ふた》を開けた。

「わあ」

ジュリが思わず歓声を上げる。お茶を運ぶADが「豪華ですね」とため息をもらした。

明日屋の弁当は日替わりの一品勝負と決めたらしい。

今日のおかずは、イカの生姜煮、ニンジンとザーサイの和《あ》え物、鶏肉のグリル、ナスとピーマンの味噌炒めである。ごはんは、おかかと鮭と菜の花の漬物のおにぎりが三個。

「すごくおいしいわよ。レージちゃんの従兄《いとこ》のお店、すぐにも開店できるわね」

ジュリが、もぐもぐしながらいった。普段はクールな美人だから、よっぽど気に入ったようだ。レージは自分が褒められたみたいに、胸が躍った。

「でしょ。おれも景ちゃんは先生を辞めて正解だと思うんだよね。自営業って不安も多いけど、宮仕えが向かない人って居るじゃん」

郷沢監督がイカをかみしめながら、「うん、うん」とうなずく。

「健康保険料が高い、国民年金の支給額が低い。でもまあ、おれには勤め人は無理だな」

「おれ、国民年金払ってないです。とても、そんな余裕ないですよ」

新川が不安そうにいうと、ジュリが同情したような声を出す。

「払った方がいいよぉ。ねえ、監督、レージちゃん、新川っちを、なんとか男優として独り立ちさせてやってよ」

「汁男優だけに、一人勃《だ》ちしている」

「それも、人一倍、一人勃ちしている」

密夫とレージが、男子中学生みたいなことをいって、ゲラゲラ笑う。

「笑いごとじゃないって」

ジュリが割り箸をおいてから、浮かれる二人の頭をたたいた。

「笑いごとじゃないっていえば、ベンケイさんよね。奥さん、出て行ったんだって？」

「差出人不明の郵便が奥さんに送られてきて、その中にベンケイさんが出てるＤＶＤが入ってたんだって。しかも、レイプもの」

密夫が補足すると、ＡＤとカメラマンが「あちゃー」といった。

「ベンケイさん、迫力あるからなあ」

「なんか、選び方にまで悪意を感じるっすね」

「しかもさ、二万人の女とやったとか、手紙に書かれていたんだってさ」

レージがいうと、密夫の頬がぴくりと動いた。

ジュリが、苦笑する。

「二万人は無理でしょ。でも、ゲンタさんなんて、一万人達成だってね。撮影が終わった後で、花束もらったって」

「ベンケイさんは、今、それどころじゃないよね」

レージはつくづく同情した。

「AVって、そんなにいけないことなのかな」

ジュリが、ぽつりという。

レージも悲しくなった。

「奥さんの元旦那が出て来て、一九九九九回も浮気したっていったんだって。確かに、おれらは本番のときに、女優さんのことを本気で好きになっているもんね。それが、女優さんやお客さんへの誠意だと思ってるよ」

「あら、嬉しいことという」

ジュリがきれいな目をぱちぱちして見せた。

黙って聞いていたカメラマンが、義憤に堪《た》えないというように唸《うな》る。

「う〜ん。元旦那が、なんでしゃしゃり出てくるんですか？」

「奥さんが頼ったらしいよ。女友だちには、いえなかったんじゃない？　プライドがあるだろうしさ」

「元旦那にいう方が、プライドが傷付かないすか？」とAD。

「だよね」密夫が同意する。

「ベンケイさんとこ、息子さんが反抗期ですよね。しかも、実の父親とソリが合わないってんでしょ？」

ＡＤは自分も似た境遇だったらしい。

「奥さんの離婚の原因が、それだっていってたわよね」

「息子、大丈夫なのかな？」

カメラマンがいうと、監督が口をゆがめる。

「その前に、ベンケイが心配だよ。あいつ、家族が命だからなあ」

「ＡＶ男優だと知って出て行くなんて、全否定だもんね」

レージがいうと、一同は黙り込んでしまった。

男優仲間では、バレても円満に続いている家庭もある。とはいえ、レージ自身も、実家にはまだ証券マンで通していた。保守的な田舎のことだから、バレたときのことを想像するだけで、背筋が寒くなる。

（将来、結婚したりする……なんてことになれば、またまた気苦労があるんだろうな）

結衣の両親の顔が頭に浮かんだ。レージのことを証券マンだと信じる二人は、無理にも娘とくっつけようと躍起《やっき》となっていたけど、正体がバレたらてのひらを返す可能性大である。

だったら、全てのAV男優は、同業の女優と付き合って結婚したらいい……といいたいところだが、業界内の恋愛は禁止というのが、この世界の掟《おきて》だ。それでもまあ、バレなければいいわけで、レージも何人かの女優と付き合ったことはある。つまり、ここでも『バレ』に神経を使わなくてはならないということなのだ。好きで飛び込んだ業界だが、つくづく因果な商売だと思う。

重たい空気を払うみたいに、新川が明るい声を出した。

「それにしても、美味《うま》い弁当ですよね。これなら、絶対にお店、成功しますね」

「いいわよねえ。あたしも彼氏といっしょにお弁当屋さんやりたいなあ」

「その前に、彼氏をつくらなきゃ」

レージがいうと、郷沢監督が身を乗り出した。

「おれなんか、どう?」

「監督、死ぬまでAV撮るんでしょ?　おれは撮影現場で死にたいとか、いってたじゃないですか」

カメラマンが笑ったとき、レージのスマホが鳴った。

食べかけの弁当をテーブルに置いて、廊下に出る。

耳に当てると、母親の泣きそうな声がした。

「もしもし、母さん？　え。父さんが倒れたって？」

母は父の急病と、芳しくない容態、入院している病院のことを告げて、電話を切った。なぜだか、一刻も早く通話を終えたがっているような気配を感じた。

廊下での受け答えが聞こえていたらしく、部屋にもどるとジュリが心配そうな視線をよこす。

「大丈夫？　お父さん、具合どうなの？」

「心臓発作だって。なんか、ヤバイみたい」

「レージさんの実家は、青森《あおもり》でしたっけ」

新川が顔を覗き込んでくる。

「うん。弘前《ひろさき》のリンゴジュース屋さん」

ちょっとだけおどけていうと、郷沢監督が食べ終わった容器に蓋をして輪ゴムを掛けた。

「すぐに帰ってやれ」

「でも、明日、撮影入ってるんで――」

「ああ、わかってる。おれンとこの仕事だもんな」

監督は仕事用の顔にもどって、さっとわきを見やった。

「新川、どうだ？　ピンチヒッターをやってみるか？」

「え……」

新川はポカンと口を開け、それからにじみ出る嬉しさを無理やり封じ込めるような顔をした。レージが言葉を掛けたのではわざとらしいと気付いた密夫が、くったくなく笑ってみせる。

「お、新川さん、チャンスじゃん」

それが喜んでいいという合図と受け取った新川は、立ち上がって監督に九十度のお辞儀をした。

「がんばります。誠心誠意、死ぬ気でやります！」

レージもうなずいて、激励する。

帰り道は、気持ちがザラついた。

実家に帰ること自体、ひさしぶりなので、まずそれが後ろめたい。そのせいなのか、何やら胸騒ぎがした。

自分のポジションをほかの男優にもっていかれるのは、それがいくら目を掛けている新川でも、正直なところ愉快ではない。レージの手前、喜色を隠すのに一所懸命な新川のことも、レージの不運より新川のチャンスを喜んでやっている皆のことも、胸をもやもやさせた。

4

開店準備中の明日屋で一日改装の作業をして、床に落ちた木くずやマスキングテープなどを掃除していたとき、レージがやって来た。雨が降っても槍《やり》が降っても能天気な従弟《いとこ》は、今日は重病に罹《かか》ったみたいに陰気だ。

「重病なのは、おれじゃなくて親父なんだ」

弘前の実家から、父が入院したと連絡がきたことを、レージはぼそぼそと告げる。

レージが普段から能天気なのは、裏表がないからだ。楽しいときは楽しいし、悲しいときは悲しい。それを隠す大人の高等技術を、持ち合わせていない。いまは、悲しさを隠せないでいるのだ。

「おれも見舞いに行った方がいいかな」

床を掃き終えて、景はイートインスペースにレージを座らせた。腰の高いきゃしゃな椅子にちょこんと座って、レージはしょんぼりうなだれる。

「まだ死んだわけじゃないから、無理しなくていいよ」

不吉なことをさらりといって、それから言葉を探しながら訊《き》いてくる。

「景ちゃん、親バレまだでしょ？」

高校教師をクビになったことを、まだ親に知らせていないのだろうという意味だ。

AV業界では『親バレ』という言葉があるくらい、現状を親に知られることが脅威であるらしい。

「はい、召し上がれ」

黄花が、緑茶とシナモントーストを運んで来た。

「ああ、まだ親にはいってない」

「どうすんの？」

「この店が軌道《きどう》に乗ってから話そうかな、と」

「店が失敗した後だと、ますます気まずいよ」

「やだもー。レージくん、不吉なこといわないでよ」

黄花が陽気な声を出したので、景もそれに合わせて無理に笑った。

店がどんなに軌道に乗っても、親にものすごく失望されることは、景にもわかっている。

東京の名門高校の先生をクビになって、そんな水商売を始めるなんて。と、両親に
はいわれるだろう。

弁当屋は水商売ではないと、口答えしてみる。

お水を使っていたら、水商売っていうんですよ。

だったら、銭湯や温泉は、キングオブ水商売だ。

「なんかさー、やな予感するんだよね」

「密夫さんとベンケイさんの後だもんね」

男優仲間の災難を聞いている黄花がそういうと、レージの顔に朱がさした。

「縁起でもないこと、いわないでよ！」

怒った声でいった後、自分でも驚いたように身をすくめる。

「ごめん」

「…………」

景と黄花は目だけで会話をした。

かなり、こたえてるわね。なんか、心配だな。

それは、聴覚《ちょうかく》を通さずレージにも伝わったみたいだ。顔を上げて、無理に笑った。

男優と名のつく商売をしていながら、つくづく演技が下手なヤツだ。

「お弁当、ありがとうね。皆にすごく評判が良かったよ」

「そう、よかったわ」

黄花がぎゅうぎゅうとレージの肩を抱いてやる。

「レージくんさ、お父さんのことが心配だから、ナーバスになってんのよ。元気だして」

「黄花さん、おっぱいが当たる、おっぱいが」

「このスケベ！」

慌《あわ》てて離れた黄花に頭をたたかれ、三人で声を出して笑った。それでも、レージはすぐに萎《しほ》んでしまう。

「おれって、親不孝だよね」

「おれだって同じだよ」

「わたしだって、同じ」

「同じじゃないもん」

これは、治療が必要だ。景たちはやはり目と目で会話して、黄花が二人の肩を同じようにたたいた。

「これから三人で飲みにいかない？」

「賛成！」

いつもならレージの役目だが、今日は景が代わって挙手《きょしゅ》してさわいだ。

レージはといえば、ガラス戸の外に居る男子中学生を見つめている。

「だれ？　知ってる子？」

さらさらした髪が目にかかった、少女漫画に登場する『先輩』みたいな少年である。ちょっとだけいじけた表情に、ちょっとだけ色気があった。そんな目付きで、店の中をのぞいている。

「ベンケイさんの息子の、誠也くんだ」

レージは慌てて戸を開けた。

「やあ」

誠也は思春期の少年らしく、世の中どいつもこいつも気に食わない……といいたげな顔でレージを見て、店の中の二人を見て、またレージに目をもどした。

「ベンさん、どこに居るか知らない？」

「さ――さあ。わかんないけど、どうしたの？」

どうかしたから、たどりたどってレージのところにまで来た。それは店の中からうかがう景にも察《さっ》しがついた。しかし、難しい年ごろの少年は、レージの「わからない」という言葉に拒絶を感じ取ってしまったらしい。もちろん、レージが拒絶したというのではない。言葉にすれば大袈裟《おおげさ》だが、運命に見捨てられた、というような絶望が少年の端正な顔をよぎる。

「いいです！」

声変わり真っ最中の低い声でいって、誠也は走り去ってしまった。大人三人は、さっきまで何に戸惑《とまど》っていたのかもしばし忘れ、しかし新たな憂《うれ》いにやはり戸惑った。

5

東北新幹線は、トンネルだらけだ。景色を見ていると、窓はすぐに鏡に変わる。そこに映る自分は、証券会社のサラリーマンに見えているか？　見えていない気がする。

チャラそうな茶髪は、生まれつきだ。整髪剤は使わないで、前髪はてきとうに垂らして、国立西洋美術館のミュージアムショップで買った『考える人』の白いTシャツに、ほどよくはき古したジーンズ、くつはスニーカーで、荷物はバックパック一つ。

証券マン時代と変わらない私服だ。でも、どことなく――どこもかしこも、証券マンっぽくない。気のせいかもしれないけど、AV男優っぽい。『女子大生ナンパシリーズ』（ガチのナンパものではなくて、全て仕込みだったけれど）に出たときと、そっくりの格好をしてきてしまった。

田舎だって、AVはわけへだてなく流通している。それとそっくりの服装というのは、ちょっとヤバくないか？　いや、それをいってしまったら、AVに出ている時点でヤバい。

（ともかく！）

と、無理にも自分をはげます。

ともかく、『女子大生ナンパシリーズ』はレージのデビュー当時の作品で、お客は当然のことながら女子大生（に扮した女優）が目当てなわけで、そんな古いAVのしかも男優の服装や風貌だなんて覚えている人間なんか万に一人も居るはずがない。

そう思って気分を新たにしていたとき、通路をやってきた若い男に声を掛けられた。インドア系のオタク風の色白で小太りの青年だ。

「あの、レージさんですよね」

小太りの青年は、おっかなびっくりな様子で話しかけてきた。よりによって、同郷の訛《なま》りのあるしゃべり方だ。

「は、はい」

しらばっくれる自信がなくて、レージは顔を引きつらせてうなずく。

小太り青年の顔が、ぱあっと晴れた。

「やっぱし、レージさんだ。おれ、ファンなんです。握手してもらっていいですか?」

あまりの喜色に、いやだなどとはいえない。

差し出された手をにぎった。小太り青年はふくふくした両手で、レージの手を包んで握って振った。

「うわあ、この手で女優さんたちを抱いてんですね。なんか感激っていうか、興奮するんですけど。サインしてもらっていいですか?」

小太り青年は、知らない作家の文庫本を差し出してきた。『あやかし古書店ふくふく堂のほっこり事件簿』というタイトルと、読み方のわからない著者名が印刷された扉のページに、『レージ/よろしく!』と書いて渡した。

(地元の人にもバレバレじゃんか)

小太り青年の後ろ姿を疚《やま》しい気持ちで見送ってから、眠ったフリを決め込んだ。それがいつしかフリではなく寝入ってしまい、危うく乗り過ごして北海道まで行ってしまうところだった。大慌てで新青森駅で降り、奥羽本線の各駅停車の電車に乗り換えた。

さっきの小太り青年も同じ車両に乗って来て、目顔《めがお》で会釈《えしゃく》された。レージもびくびくした笑顔でお辞儀を返す。

弘前までの駅名は、一つ一つが懐かしい。この土地で育った子供時代を、ごく自然に思い起こさせた。夏休み——虫取り——宵宮《よいみや》——ねぷた祭り——花火——墓参り——盆踊り。幸せのルーツへともどるというのに、この宙ぶらりんな胸騒ぎは何なのだろう。

弘前駅前で弘南バスに乗り換えて、大学病院に向かった。なつかしさと胸騒ぎは、おなじペースで増幅してゆく。スマホを出して、結衣にメールした。

——弘前に来ています。落ち着かないです。どうしたらいいかな。

送信。

すぐにリロードして、返事がないから落胆《らくたん》した。たとえ恋人同士でも、そんなに早くにレスポンスがあるはずもない。ましてや——。そこまで考えて、無理に中断して、窓外を眺める。

弘大の病院なんて、祖母を見舞ったとき以来だ。

まだ小学生だったレージには、世界で一番大きな建物に思えたが、今になればどうしてあんなに圧倒されたのかわからない。

父は個室に居た。特別に高い入院費を払ったからではなく、重篤《じゅうとく》だからだというのは、説明されずとも一見してわかった。なにやらメカニカルなモニターにつながれ、それが定期的にピッピッと鳴っている。点滴も、レージが知っているものより、大仰な感じがした。そして、父は眠っている。ひょっとしたら、眠っているというより、意識がないのかもしれない。

ベッドの向こうに椅子が一脚だけ置かれ、母が腰かけていた。母はレージを見るなり、怨敵《おんてき》にまみえたような顔になった。

バレてる。

反射的に、そうと察した。

「廊下に出なさい」

母は、持ち上げた手を外に向けて払い、レージを追い出すような仕草をした。

「あんた、何かいうことはないの?」

「何かって——」

口の中が乾いて、言葉が続かない。

そんなレージを廊下に置いて病室にとって返すと、母は革のトートバッグを持って出て来た。

「あんた、今、東京で何をしているの？」

「何って――」

口ごもるレージに母が突き付けてきたのは、ＤＶＤのパッケージだ。『トップ男優レージが操る官能の極み／悶絶の熟女、奥の奥まで！』

万事休す、である。

母の手には、茶封筒と手紙らしきものが収まっている。

「あんた、何千人って女と、こういうことをしているんだってね」

手紙とＤＶＤを振りかざし、母は怒りを押し殺した声でいう。

何千人というのは、事実だ。ＡＶ女優は入れ替わりが激しいから、一日二本撮るとして、何年か男優を続けていれば、自然とそういう数になる。

「あんた、自分の、だ……大便を毎日食べているらしいわね」

「そ……それはウソだよ」

思わず言葉がほとばしり出た。つまり、真実の弁明ならば、追い詰められていても言葉になる。

「そんなことはしていないよ。おれは、スカトロは嫌いで」

「カステラって何？」

「カステラはお菓子でしょ。うんこ食べるのはスカトロ。間違ったら、お菓子屋さんに失礼だよ。インコをチンコっていうのと同じくらいひどいよ」

「そ……そんなこと」

母はスカトロだろうがカステラだろうがチンコだろうがインコだろうが、ともかく頭に来ているんだから、ごちゃごちゃいうなという顔をした。

「そんなこと、その手紙に書かれていたの？」

母が黙ったので、レージもささやかな反論を試みた。

これは、ベンケイと同じだ。出演作の中でも、より家族の神経を逆なでするDVDと、怪文書。それが送りつけられた時期も近い。同一人物が、家族に身分を明かしていない男優を狙い撃ちにしているのか？

「あんたのこれを見て、お父さんは倒れたのよ。このまま死んでしまったら、あんたが殺したのと同じだから」

「え……」

レージは返す言葉も失った。実の親にそんなことをいわれるなんて、悲しくてレージの方が死にそうになる。

通りかかった看護師が、母の押し殺した剣幕《けんまく》を見て気まずそうな顔をする。それでもすぐに気を取り直して、レージの方を向いた。

「息子さんが来たんですね。では、先生がお父さんの容態について説明しますから」

母と二人、医師の個室に連れて行かれた。

心臓の模型と、積み上がった本と書類の奥に、父を担当する医師が居た。眠そうな顔をした五十年配の男で、鷹揚《おうよう》なようにも、冷淡なようにも見えた。ともかく、感情を表に出さない人だった。当然といえば当然である。医師がいちいち、泣いたり怒ったり同情したりするはずがない。とても冷静で、活舌《かつぜつ》の良くないしゃべり方で、医師は告げた。

「江藤さんは、次の発作が来たら危ないです。手術をしても、ほぼ確実に、術中に発作が来てもっていかれるでしょう」

「もっていかれるって、あの――」

レージの思考力が、一瞬、ゼロに近くなる。

「死ぬってことですか？　どうにかして、助からないんですか？」

「息子さんが間に合ってよかった」

「父さん、死ぬんですか？　おれのせいで、死ぬんですかぁ」

涙と嗚咽《おえつ》を抑えきれなかった。

医師の顔色を読んで、母がレージを廊下に急き立てた。

病室にもどったレージは、母から電話を受けて以来の不安と罪悪感が飽和《ほうわ》を超えてしまい、もうただおいおいと泣くよりほかに何もできなかった。

「父さん、ごめんなさい、ごめんなさい」

「うるさいから、泣くのはやめなさい」

母は自分でもはなをすすり、備え付けの小さい冷蔵庫から菓子箱を取り出した。

「昭雄叔父さんがシュークリームをこんなに持って来て——。病人が食べられるわけもないのに。あんた、食べなさい」

胸がいっぱいだったが、母の言葉に逆らうことができずに、無理をして食べた。母は怒りながらも「おいしい？」としきりに訊いた。

「母さん、ごめんなさい。ごめんなさい。おれ、こういうことになるなんて、思っていなくて。毎日、自分だけ楽しくしていて、ごめんなさい」

「うるさいから、黙って食べなさい。片付かないと、もったいないでしょ」

母は邪険にいって、それでも「おいしい？」と訊いてくる。息子への憤怒と愛情で、母も混乱しているのだ。

レージは甘いものが嫌いではないが、口ものどもからからに乾いて、息も絶え絶えだ。

「レージか……」

三個目のシュークリームにかぶりついたとき、いろんなチューブにつながれた父が、急に起き上がった。母が慌てて止めるが、父は自分の容態と同様に母をも無視した。

「この馬鹿者！」

父は健康なときでも発したことのないような声で、怒鳴った。

「この恥さらしが、少しは景ちゃんを見習え！　景ちゃんは東京の名門高校の先生をして――」

興奮した息を整える間、父は仇《かたき》にでも会ったみたいな目でレージを睨《ね》めつける。

「おまえも、せっかく証券会社に入って、こっちは安心していたのに――」

母がレージを引きずるようにして父から引き離すと、開け放しているドアから外に押し出した。

「礼司、早く帰りなさい。ここから離れなさい。このままじゃ、お父さんが発作を起こしてしまう」

次の発作が来たらおしまいだと、医師にいわれたばかりだ。

レージは追い払われて、とぼとぼと病院の外に向かった。弘前は、夏だというのに、むやみに寒かった。通りすがる人が、遠慮がちにこちらをチラ見している。レージが子どもみたいに泣いていたせいである。悪いことにハンカチを忘れてしまったから、涙はたれ流し状態だ。バックパックのポケットをまさぐってようやく見つけたポケットティッシュで、はなみずを拭《ふ》いた。キャバクラのティッシュは少ししか入っていなくて、すぐにからっぽになってしまう。はなをかんだティッシュで、涙もふいた。ティッシュは水分を含みすぎて、べちょべちょになった。

しゃくりあげながら、スマホを出した。景の番号に電話をする。相手は、すぐに出た。

――おう、レージ。叔父さん、どんな具合?

こっちでしゃべるより先に、景は心配そうに訊いてくる。それがずいぶんと優しい声だったので、思わずまた嗚咽がもれた。

――レージ、どうした?

「景ちゃん、あのね、喪服《もふく》を用意しといた方がいいかもしんない」

——叔父さん、そんなに悪いのか？

「親バレしてた。おれのせいで、父さん、心臓発作を起こしたんだって。次の発作が来たら、危ないって。おれのこと見たら怒って、最後の発作を起こしそうになった。おれのせいで、父さんが死ぬんだ——」

その先は泣き声になって、話ができなかった。電話の向こうでは、景が言葉を尽くしてなぐさめてくれた。景にこんな優しい言葉をかけられたことなど、かつてない。でも、レージの気持ちは少しもなぐさめられなかった。

病院から離れたせいか、通行人の視線が同情から、奇異なものを見るような冷たさに変わっている。旅の恥はかきすて、と思った。そうだ。ここはもうレージの住む街ではない。旅先の一つに過ぎない。

第四話　親バレ

親バレ
第四話

1

新幹線の窓に映った喪服《もふく》のネクタイをきりりと直して、景《けい》は背筋を伸ばしてみた。意外にちゃんとした社会人に見えて、われながら結構なことだと思う。喪服は持参して着いてから着替えるべきだったろうか。しかし、荷物の多い旅行は、あまり好きではない。どうせ葬儀に出て、とんぼ返りするつもりである。

レージの父は、昨夜亡くなった。地元《あっち》では、レージが間に合って良かった……なんてことじゃなくなっているらしい。

＊

葬儀は、禅寺ばかりが何軒も建つ禅林街の寺院で行《おこな》われた。弘前は盆地で暑いはずだが、東京から来た景には、街全体に冷房が効いているような涼しさを覚えた。寺の建物は風が通り抜けるので、ひときわ快適だ。

しかし、快適なのは風と気温だけで、葬儀は前代未聞の修羅場となってしまった。

それは、葬式の後の御斎《おとき》でのことである。通夜と葬式ではおとなしくしていた親戚たちが、一斉に噴火して、レージをつるし上げにかかった。

「アダルトビデオの役者だと？　アダルト、ビデオに出てるだと？」

「お父さん、恥ずかしいから、何度もいわないで！」

「清造《せいぞう》さんは、おまえの恥ずかしい姿を見て倒れたんだ！　おまえが殺したようなもんだ！」

「いったいどのつらさげて帰って来たんだ、礼司《れいじ》！」

伯父さん、叔父さん、伯母さん、叔母さん、従兄弟《いとこ》に、故人の親友、それにだれなのかわからない人まで、皆がレージをなじった。そうしなければ、自分が故人に申し訳がたたないというように、流行に乗り遅れまいとするように、学校や職場のいじめのように、陰険で陰湿で聞くに堪《た》えない罵言《ばげん》が、あっちからも、こっちからも上がった。そうすることで、正義と常識と良心はおのれにありと確認しているのだ。まるで魔女狩りだ。

喪主であるレージの母は「許してください！　許してください！」と繰り返して号泣した。

小さい子どもたちは、わけもわからず、もらい泣きを始める。

烈火と化した親戚の輪の中心で、レージがなぶり殺しにされた死体みたいにうずくまっている。

外に連れ出そうと景が怒る連中を押しのけたとき、昭雄叔父がレージの頭にビールをぶっ掛けた。泡立った液体がレージの茶髪をしたたり落ちるのを見て、景はキレた。

「あんたら、それでもレージの身内か？　レージは父親を亡くしたんだぞ！　悔《くや》みの一言もいえないのか！」

おまえは、黙っていろ。

そうじゃないのよ、景ちゃん。

礼司がどんな親不孝をしたか、おまえはわからないんだ。

皆が一斉に口を開くので、聖徳太子でも聞き分けられないような一大音響になる。

「わーっ！」

景は吠えて、皆を黙らせた。

「いいか、ＡＶ男優ってのはな、日本に七十人しか居ないんだぞ。対するＡＶ女優は何人居ると思うよ？　一万人だぞ。それを七十人で相手しているんだ。しかも、男優が好き放題にセックスしているとでも思ってんのか？」

セックスという言葉のところで、親たちはわが子の耳をふさぐ。

「こいつらが好き放題に女とやって金をもらっているなんて、思うなよ。撮影現場を仕切るのは、本番をやっている男優にしかできないことだ。オーケストラの指揮者みたいなもんだよ」

これは、レージからの受け売りだ。

「ＡＶ男優の何が悪いってんだ！　人間の根源に肉薄する仕事じゃないか！」

「景ちゃん、やめてちょうだい。この子のしていることの恥ずかしさは、東京の名門高校で先生をしているあんたには、わからないのよ」

レージの母親が恨みがましい顔でいうので、景はカッとなった。

「そんなもん、辞めちまったよ！」

その瞬間、沸騰《ふっとう》していた御斎の場は、静まり返ってしまった。

景はわれに返り、目だけを動かして周囲を見る。ああ、いっちゃった、おれまで親バレしちゃった。そう思い、自分の両親を見やった。二人は自分たちこそが死人で、閻魔《えんま》大王に地獄行きを命じられたみたいに、愕然《がくぜん》としている。地元津軽《つがる》では、こういう場合に「出たションベン引っ込まない」という。もはや、真実あるのみだ。

「わからず屋の校長を、一発ぶん殴ってクビになったんだよ。だから、退職金もなしだ、文句あるか！」

景の父が人垣を掻き分けて近づいて来て、景の顔をこぶしで殴った。どうやら景の短気は、この人に似てしまったせいらしい。

口が切れて、血がだらだらと流れ出す。白いワイシャツに滴《したた》った。

「お父さん、やめて！」

母が泣き叫ぶ。

子供たちは、わけがわからなくなって、泣きながらご馳走《ちそう》をつかんでは投げ始めた。イセエビのグラタンが飛ぶ、お刺身が飛ぶ、蒲鉾《かまぼこ》が飛ぶ――。それをやめさせようとする大人が居れば、すべって転ぶ大人も居る。景の父はますます逆上し、興奮は伯父や叔父にも感染した。もはや、収拾のつかない修羅場となった。和尚が駆けつけて、良い声で何かを叫んでいる。景の父が、もっと大きい声で怒鳴った。

「出て行け！　おまえたち二人とも、出て行け！　二度ともどって来るな！」

景はレージを立たせると、戸口に向かった。母の泣き声が聞こえた。

2

上《のぼ》りの新幹線で、景とレージは隣り合って座った。二人とも、興奮の後の虚脱《きょだつ》状態にあった。やけに全身がだるい。顔立ちも顔付きも喪服姿も同じなので、双子に見えるのを通り越して、同じマネキンを二体並べているみたいに見えた。

「もう、帰れないのかな……」

レージが悲しそうにいうので、景はチクリと頰をゆがめた。それで表情が生まれて、二人は人形から人間にもどる。

「何いってんだか。もともと、何年ももどってなかったくせに」

「こんなの、あり？　ねえ、こんなのって、あり？」

故郷を石持て追われた。子供時代の思い出も、全てがズタズタになった。景とて、その寂寥《せきりょう》を感じていないわけではない。

「振り返るな。過去なんてまぼろしだ。確かなのは、今と未来だけなのだ」

「そんなおためごかしを、生徒たちにいってたんだ。だれも聞かないっての」

「おまえのせいで、おれまで白状しちゃったじゃねえか」

「ますます、こじれたけどね」

レージが憤慨《ふんがい》した声を出す。

「おまえが、それをいうか？」

「事実じゃん」

「このウンコ野郎！」

となりの三人掛けのシートから、三人の顔がこちらを向いた。景たちは目を見かわして、声をひそめる。

「やめようか」

「妙に疲れない？」

「アドレナリンを出し切って、もう乳酸しか残っていないって感じだな。校長を殴った日の夜みたいだ」

景がぼそぼそいう途中で、レージが急に立ち上がった。

「どうした？」

「新幹線に酔った。吐いてくる」

レージが通路を歩き出し、ドアを過ぎて間もなく、そのドアの上にあるトイレ使用中のランプが点《つ》いた。しばらくしてもどって来たレージは、キュウリみたいな顔色をしていた。自分たちは本当に今日、故郷を失ったんだろうか。職業一つで、思い出も信頼も、失われてしまうものなのか。過去なんてまぼろしだ。確かなのは、今と未来だけなのだ、なんて、本気でいったわけではない。レージに揶揄《やゆ》されたとおり、おためごかしを皮肉った冗談だ。だけど、現実はそのとおりではないか。

(最悪だな)

さすがに声に出すのはレージに悪くて、景は胸の中だけでつぶやいた。レージはバックパックから茶封筒と『トップ男優レージが操る官能の極み／悶絶の熟女、奥の奥まで！』を出してじっと見ている。両親に送りつけられてきたというＤＶＤだ。

「タイトルに女優じゃなくて、おれの名前が入ってるでしょ。そういうのって、珍しいんだよね。ＡＶの主役は、あくまで女優だから」

「犯人は、よりインパクトのあるヤツを選んで、叔父さんたちに送ったわけだ」

「父さんを殺したの、やっぱりおれだよね」

「んなわけないだろう」

この問答には、いささかうんざりしてきた。

「AVで人を殺せるなら、毒親《どくおや》を持っているヤツは、皆AVに出ればいいいってことになる。法に触れずに、親殺しができるんだからな」

景は、邪険に「ふん」と鼻を鳴らした。

「叔父さんは、心臓の病気で死んだんだ」

「…………」

レージはそれ以降、父親を殺したといわなくなった。

＊

美緒《みお》が帰って来た。

夕食も食べずにぼんやりしていたら、玄関の鍵を回す音がした。耳になじんだ、美緒が合鍵を使う音だ。

「密夫《みつお》、ごはん食べたー？」

ややこしいことは全て省略して、美緒は笑顔でそれだけいった。

「ま――まだだよ」

「じゃーん」

美緒は密夫の好きなポン・デ・リングを、百個も買ってもどって来たのだった。

百個、だ。

密夫は嬉しさのあまり、狭い部屋でくるくる回って喜びを表現した。バレエの王子さまなら華麗なシーンだろうけど、六畳一間のアパートでは、ただの鬱陶《うっとう》しい男だ。

二人で向かい合って、わんこそばみたいに、ポン・デ・リングをたらふく食べた。

ふたりは満腹のおなかを撫《な》でて、同じ動作で天井を見た。

「あー、一生分のポン・デ・リング食べた」

「おれ、まだ食べれるかも」

「うそ。密夫、話盛るから」

「ははははは」

「あたし、密夫と、一生分、離れちゃった」

美緒がそういったので、密夫は居住まいを正して美緒を見つめる。

「あたしはね、密夫がいうとおりに、ＡＶ男優が有益で誇らしい仕事だとは思えない」

「…………」

別れ話をしにもどったのか？

密夫の顔に絶望が広がった。

美緒はサディスティックにその様子をじっくりと味わった後、続ける。

「あたし以外の二千人の女優とセックスしているのも、頭にくる。だけど、やっぱり密夫が好きなの」

密夫は感激して美緒を抱きしめる。狭い部屋なので、座っているすぐ横が密夫のセミダブルベッドだ。そこに二人して転がったとたん、ここ数日の心労が解消された安心感から、そろって猛烈な眠気に襲われた。そのまま何もしないで、夜明けまで抱き合って眠った。

密夫、話盛るから。

美緒のいった言葉が、なぜか耳に残っている。

3

開店準備中の明日屋《あしたや》のイートインスペースでは、今日も今日とて手伝いに駆けつけたＡＶ男優たちが、金づち一つ振るでもなく、ダべっている。

東京にもどってレージは日常を取りもどし、悪夢のようだった帰郷の傷も消えつつある。しかし、さすがにまだ、それを仲間たちに打ち明ける気にはなれなかった。留守を守った新川《あらかわ》は、仕事を首尾よくこなしたようで、レージの姿を見ると顔をほころばせた。

「レージさんの留守中、おれが代役を務めさせていただきました」

「ベンケイさんが不発で、そっちのピンチヒッターもしたんですよね。新川さん、そりゃもう、大活躍ですよ」

密夫がいうので、レージは頼もし気に新川の肩をたたいた。

「本当に助かったよ。今度、メシをおごるから」

「いやいや、いいですよ。男優の仕事をさせてもらっただけで、光栄なんですから」

「郷沢監督が、今度、新川さんで撮りたいっていってましたね」

密夫に吉報を告げられ、新川は顔をくしゃくしゃにして喜ぶ。

「本当ですか?」

「うそなんか、いわないっすよ」

実際、密夫は真面目《まじめ》な顔をしていた。

「密夫さんは、ずっと元気でしたよね。落ち込んでいても」

「まあね」

密夫はガッツポーズをしてみせる。

「おれは、タフだから」

レージは、浮かれている新川を見て、ため息を飲み込んだ。新人が育つのはいいことだが、自分の代役というのは複雑である。そんな憂愁を感じ取ったのか、密夫が面白くない方向に話題を振った。

「例のチクリのＤＶＤと手紙ですけどね、ベンケイさんのところに来たっていうのと、似てますよね。手口、いっしょじゃないですか」

「ベンケイさんを呼んでみようか」

ベンケイに電話すると、撮影が終わって自宅に居るところだった。家族が居るときならば、団らん中は家から出たがらないが、一人ぼっちで居るのはつらかったのだろう。明日屋に来ないかとさそうと、喜んだ。

三十分ほどもして、大きな体でオレンジ色のママチャリをこいで現れたベンケイは、憔悴《しょうすい》して悲しそうな顔をしていた。これでは、新川が急遽《きゅうきょ》、代役を頼まれるのも無理はないとレージは思った。それでも、今日の撮影はどうにか自力でこなしたという。

レージたちに頼まれて、例のＤＶＤと怪文書を持参した。妻あてのものだったが、持っていたくもないという理由で、ベンケイに押しつけたらしい。レージの両親あてのものも、同じ理由でレージが持ち帰って来た。

「人気が出てきたら、こんなリスクもあるんだな」

新川がぽつりというのを密夫は無視して、二枚のＤＶＤをコツコツと指ではじく。

「パソコンで書いて、Ａ４のコピー用紙にインクジェットプリンタで印刷っすか。容疑者は日本人のほとんど全員だな」

「いや、あいつかもしれない」

ベンケイは妻の前夫、福田を疑っていた。

「その人って、何者なんですか？」

「常等高校の化学の教師だよ」

「えー！　常等高校っていったら、景ちゃんが校長先生を殴って辞めさせられた学校じゃん！」

レージが傷に塩を塗るようないい方をするので、奥で作業をしていた景が、怖い顔で近付いて来た。その景に席を空《あ》けると、新川が一同の顔を見渡した。

「それ、怪しいですね。結局、景さんも学校でのことを、親戚たちの前でカミングアウトさせられたんでしょう？」

景は腕組みをして、「ふん」と笑った。

「そこまで計算して、福田先生がレージのみならず、ベンケイさんのところにもいやがらせのDVDを送ったと？　そりゃあ、ないでしょう。確かに、福田先生はいやな男だったよ。初手から生徒を敵視して、どんな子も不良だって決めつけているような手合いでさ。元から茶髪の子を黒く染めさせたり、学年集会で天パの女子を体育館の壇上に上げてさらしものにしたり。あいつには、教育者としての心がない！」

「景ちゃん、落ち着いて、落ち着いて」

レージがてのひらを上下させて、景の怒りを鎮めようとする。

一方、怨敵をこき下ろされて、ベンケイは嬉しそうだ。

「実は、これから福田と対決するんだ」

「対決って……」

景がベンケイの屈強《くっきょう》ながたいを見て、心配そうな顔になる。

「ベンケイさん、あくまで冷静にね。穏便《おんびん》にですよ」

「あんたに、それをいわれたかないなあ」

ベンケイは武蔵坊弁慶《むさしぼうべんけい》みたいに豪快に笑ってから、腕時計を見た。独身時代に買ったというロレックスだ。

「じゃあ、そろそろ時間だから、行って来る」

出口に向かうベンケイの背中に、話を聞きながら壁紙を張っていた黄花《きはな》が「ご武運を!」と声を掛けた。密夫と新川はガッツポーズで送り出す。

「大丈夫かな」

レージは、父を見舞いに新幹線に乗ったときと同様、ざらざらした胸騒ぎを覚えだす。

「おれ、ちょっと見てくる」

レージが出口に向かうと、密夫と新川が顔を見合わせてから後に続いた。見送る景の手を引っ張って、黄花がにんまり笑った。

「どうしたんだよ」

「行こうよ」

「こらこら。人ン家《ち》のことだぞ」

「野次馬は、多いほどいいのよ」

黄花にそそのかされ、結局、景もベンケイの追跡に加わった。

4

福田との一騎打ちは、腹の探り合いから、熾烈《しれつ》な論戦に発展した。男がおのれの矜持《きょうじ》をかけて戦う口喧嘩ほど、不毛なものはない。「おれだってなー、おれだってなー」「なんだと、おれなんかなー、おれなんかなー」結局のところ、そういうレベルに落ち着く。

福田家には娘の綺良《きら》が居て、父と福田の喧嘩を怖そうに傍観《ぼうかん》していた。

ベンケイとしては、このボケナスが父親づらをして、可愛いわが子と二人で留守番していたという時点で、すでにとてつもなく腹が立つ。妻と長男は外出していて、二人がこの男に「行ってきます」なんて声を掛けたのかと思うと、猛烈《もうれつ》に頭にくる。

「ともかく、オタクは家族にまで職業を偽っていた。自分の仕事に対して疚《やま》しい気持ちがあったからだ。その時点で夫失格であり、父親失格だ」

「オタクというな。おれはオタクではない」

「論点をずらすな。逃げる気か」

「だれが逃げた」

「逃げて来たじゃないか、何年も。職業を偽るとは、最大の逃げだろうが」

「そもそも、妻子に逃げられた男が、何をいうか」

「逃げられたのは、オタクだ」

「おれは、オタクじゃない」

不毛な怒鳴り合いは、ベンケイのスマホが鳴ったことで遮《さえぎ》られた。

電話を掛けてきたのは、妻だった。

「女房だ」

ベンケイは勝ち誇ったようにスマホを福田の目の前に突き付けてから、耳に当てた。

「あなた、大変なの。誠也《せいや》が居ないの。家出したの」

妻も息子も、どうやら福田に「行ってきます」といって出かけたのではないらしかった。

息子が福田と暮らすことを拒絶して家を出て、妻はそれを追いかけて行ったらしい。

「なんだと」

ベンケイは勧進帳の場面でブチキレて見せる武蔵坊弁慶みたいな形相《ぎょうそう》になった。

「おまえは誠也が出て行ったというのに、ここで何を呑気《のんき》にしているか！」

「何のことだ」

「誠也が家出したんだ。おまえのことが嫌いで、出て行ったんだよ！」

――あなた！　あなた！

スマホの向こうで、妻が声を張り上げている。

――その人は、何にも知らないのよ。誠也の書き置きを見付けて、あたしが慌てて捜しに出て――。

福田を全否定する息子の家出の理由を、妻は福田に告げることができなかった。自力で見つけ出そうとしたが手に負えず、ベンケイに助けを求めてきたのである。

「馬鹿野郎！　そういうことがあったなら、まずおれにいえ！」

ベンケイはスマホに向かって怒鳴ったが、多少、いい気分であったのは否定できない。誠也の一大事につまらぬ競争心を燃やしている場合ではないとわかってはいても、誠也がこの男を見限ったことを愉快に思わずにはいられなかった。

「おれもすぐ捜しに行くから、何かあったら――何もなくても、連絡をよこすんだぞ」

――はい、あなた。

通話を切ってから、ベンケイは話し合いなどうっちゃらかして、玄関に向かった。

驚いたことには、福田が血相を変えて追って来た。

「勝手な真似《まね》をするな。誠也はわたしの息子なんだぞ。わたしが捜しに行く」

「嫌われ者は家で留守番をしていろ。特別に綺良のお守をさせてやる」

「綺良のお守なら、自分がしたらどうだ。誠也は、オタクなんかに来てもらいたくないはずだ」

「誰がオタクか！」

怒鳴りざまに玄関を開けたら、ドアの前に居た若い者たちと鉢合わせになった。レージと密夫と新川、そして三人の男優たちが入り浸っている弁当屋のカップルもいた。若人《わこうど》たちは、そろって似たような作り笑いをして、手を振って見せた。

「ベンケイさんが無茶をしでかしてないかと思って、心配して見に来ました」

自分たちこそ叱り飛ばされるのではないかと、ビクビク顔でいうレージを見て、ベンケイは張り詰めていた意地が、ふっと緩んで泣きそうになった。

「レージ、助けてくれ。誠也が家出をしたんだ」

こわもてのベンケイが気弱そうな声で事情を告げ、若者たちは思わぬ活躍の場を与えられて、顔を引き締めた。

「男が六人居るから、二人ずつ組になりましょう」

レージがいうと、若者一同は賛成した。

＊

留守番と綺良の面倒は、弁当屋カップルの女の方が引き受けてくれた。誠也を捜しに行った妻が、まだ帰らないからだ。弁当屋カップルの男の方がレージの従兄《いとこ》ということで、顔形などカーボン紙でなぞったように似ている。その従兄が、驚いたことに福田の元同僚だった。

福田は自分も誠也を捜すといい張り、ならば元同僚とでもいっしょに行けといいたかったが、なぜかベンケイと組むことになってしまった。レージの従兄が、さりげなく福田を避けたためだ。やっぱり職場でも嫌われ者なのかと思ってほくそえんでいたら、結局のところ福田を押し付けられたのだった。

「誠也の行きそうな場所の心当たりは、あるんだろうな」

福田が居丈高に訊《き》いてくる。

「おれは息子を監視するような父親ではない」

ベンケイは、行くあてもなく早足で歩きながらいった。

「そっちこそ、小さいころに連れて行った場所なんか、ないのか」

「子育ては、妻に一任していた」

「おい、おまえ、小さい子どもを、構ってもやらなかったのか！　この人でなしめ！」

「AV男優が、聞いたふうな口を利くな！」

「AV男優の何が悪い！　女房子どもに逃げられた男に比べたら、百もマシだ」

「女房子どもに逃げられたのは、そっちだろうが！」

ベンケイと福田は往来に出ても口喧嘩をやめることができずに、誠也の行き先については、少しも思いつかなかった。二人の父親は、自分たちの不甲斐《ふがい》なさを、互いを罵倒《ばとう》することでごまかしていた。

＊

景とレージは足の向くまま若者の多い繁華街まで出たが、そこから先がどうしたものかわからない。誠也はどこか腺病質《せんびょうしつ》な感じのする美少年である。実の父親である福田には、少しも似ていなかった。もちろん、豪傑然《ごうけつぜん》としたベンケイとは、似ても似つかない。しかし、義理の父子は、仲が良かったらしい。

「こないだ、誠也くんが明日屋に来たんだよね。ベンケイさんのこと、捜していたんだ」

「奥さんなあ、なんであんな男のことなんか頼るかなあ」

「あんな男って、あの福田って人のこと？　相当やなヤツみたいだけど」

「相当やなヤツだよ」

それから景はまたひとくさり、福田をこきおろし、それからわれに返った。どこを見ても、誠也らしい少年が見当たらないのだ。大人になってドロップアウトするまで品行方正だった二人は、家出少年が行きそうな場所なんて、見当がつかない。

「景ちゃん、指導課の先生だったんでしょ？　イニシアチブとってよ」

「う〜ん。じゃあ、ゲーセンとか行ってみるか？」

「家出して、ゲーセンに行く？　家出だから家から離れるんじゃない？　まずは、駅じゃない？」

「駅から、どこに行くんだよ？」

「とりあえず、北の方とか。青函連絡船に乗って」

「青函連絡船なんか、もうねーよ。おまえ、演歌と混同してない？　家出少年が行くのは、東京だろう」

「じゃあ、東京のどこさ」

「渋谷とか?」

「そうだね。渋谷だね。渋谷に決定」

結論が出た二人は、自然と大股になって駅に向かった。


密夫は、コンビニの前に座り込んでカップ麺を回し食いしている女子高生たちと対峙《たいじ》していた。

同じ制服を着た四人は、いずれも不美人ではないが、真面目そうでもない。そうかといって、異性の気を引くことには無頓着《むとんちゃく》らしい。少なくとも、彼女たちの目には密夫と新川は、『おっさん』に見えたみたいだ。『おっさん』に媚《こ》びるほど、四人は不良ではなかった。

「知ってるよ。四組の茨木《いばらき》誠也。さっき、ここに居たもん」

「ほんと?」

密夫は頭のてっぺんから声を出した。

誠也の通う高校近くのコンビニにあたりを付けてやって来たが、まさか本当に当たりが出るとは思っていなかった。小躍りする密夫を複雑な表情で見上げてから、四人は互いに顔を見合った。

「茨木誠也さあ、なんかヤバい感じだったよ。三年の田浦とか小出とかに連れて行かれてたからさ。今頃、殺されてるかも」

「はあ？」

殺されるとは、何事だ？　密夫が唖然《あぜん》とすると、新川が代わって訊いた。

「田浦とか小出とかってだれ？」

「ヤバい連中。世にいう、不良とか？　なんか、田浦先輩って、ヤクザとかと知り合いって聞いたけど」

「親戚なんじゃね？」

「何か、茨木がいちゃもん付けられて連れて行かれたんだよね」

「いちゃもんって何？」

「肩がぶつかったとか、それ系」

そういって、三人目がカップ麵をすすると、ほかの子たちがそろって「ヤバい感じだったよね」「殺されてるよね」とさえずるようにいった。

「で、その三年生たちが誠也くんをどこに連れて行ったかわかる？」

「知らない」

「廃倉庫だよ。あいつら、だれかをボコるときは、駅裏の廃倉庫って決まってるもん」

一人がそういうと、残り三人が感心したような声を出した。

「駅裏の廃倉庫だね。ありがとう」

新川がいい終わる前に、密夫はベンケイに電話をしていた。

つくづくツイていない。

腹を蹴られてコンクリートの床に倒れながら、誠也はおのれの運命を呪った。

母が何をトチ狂ったのか、あの親父野郎の元に行くといいだして——誠也と綺良まで連れて行くといいだして——それを実行に移した。ベンさんがAV男優でも、たとえ大泥棒でも、さらにはたとえ狼男でも、誠也にはそんなことはどうでもよかった。ベンさんは比較的良い父親だし、想像する限りベンさんを超える父親は、宇宙広しといえど、どこにも居まい。アンドロメダ星雲とかを捜しても、ほかには居まい。

そのベンさんから離れて、なんであんなクソったれの親父野郎のところに行かねばならないのか。あの親父野郎にしてみれば、誠也の将来とて、自分の営業成績の一環にほかならない。あの親父野郎にしてみれば、誠也はうっぷん晴らしに罵倒《ばとう》するためのサンドバッグにほかならない。

――あの男に父親づらされて、おまえもすっかりクズに育ったな、誠也。

思い出したら腹が立ちすぎて、思わず唾《つば》を吐きだした。

それを見とがめた不良のだれかさんに引きずりあげられ、思いっきり顔を殴られた。口が切れて、塩っ辛い味が広がった。目の前がちかちかする。気を失いかけた。

親父野郎の家を飛び出したはいいが、不良な上級生たちの暇つぶしの餌に捕まるとは、どれだけ不運なんだ。ひょっとしたら、このまま殺されるんだろうか。すれ違うときに腕が当たったという理由で？　くだらな過ぎる。そんな一生、馬鹿過ぎる。だけど、それが自分の現実なのだ。それが自分の実力なのだ。これで死んだら、あの親父野郎は、いじめで息子を失った教師として、自分の出世に利用しようとするんだろうか。って、許せねー！　ベンさんに会いたい。あの親父野郎を、ぶっ飛ばしてもらいたい。ついでに、この不良たちのことも、ぶっ飛ばしてもらえたら、なおいい。

「コンのクソガキどもー！」

ベンさんの声がする。妄想と現実の区別がつかなくなってきたらしい。

そう思って目だけ動かして前を見たら、本当にベンさんが居た。背が高くて、胸板が厚くて、顔がでっかくて、顔がおっかなくて、手がでっかくて、素手でリンゴを砕《くだ》けるベンさんが居た。

（え、なんで？）

ベンさんの後ろに、親父野郎まで居る。今一番会いたい人と、一番会いたくないヤツが、どうしていっしょに居るのか。現実なのか？　現実なら、不良たちに親父野郎をボコボコにしてもらいたいんだけど。つーか、親父野郎、ビビッてベンさんの後ろに隠れてやがる。ということは、これは夢ではない。本物のベンさんと、本物の親父野郎だ。

そう思ったとき、不良の先輩がナイフを突き出した。

次の瞬間、ナイフは宙を舞い、ナイフ先輩はベンさんの平手打ちをモロに食らって、三メートルもふっ飛んだ。別の先輩がベンさんに殴りかかる。と、同時に、もう一人は逃げて行く。格好悪い。殴りかかった先輩は、やっぱりベンさんの張り手を食らって、女の子みたいに斜めに倒れた。

「ベンさん――ベンさん、ベンさん、ベンさん！」

口を開いたら、誠也は壊れた機械みたいになった。立ち上がって、よろめいて転び、座ったままベンさんの名を呼んだ。止まらなくなった。涙まで出てきた。

ベンさんは笑っている。綺良をあやすときみたいな顔だ。ガキ扱いすんなよと思ったけど、その笑顔で誠也の心がほぐれてゆく。それで、ますます涙が出る。

「心配をかけるなよ、馬鹿野郎。ぼろぼろじゃないか。今度、喧嘩《けんか》の仕方を教えてやろうな。こんなになって帰ったら、母さんが腰を抜かすからな」

「ベンさん、ベンさん――」

誠也はベンさんにしがみつき、わんわん泣いた。泣きながら、そんな自分のていたらくが恥ずかしくてしかたなかった。でも同時に、ベンさんに抱き付けることが嬉しかった。ベンさんが助けに来てくれたことが、積もり積もったストレスを溶《と》かしてゆくような気がした。結局のところ、ツイてないわけじゃないと思った。

「ベンさん、ごめん」

誠也は、われながら信じられないことに、綺良みたいにしゃくりあげた。

「おれ、ベンさんの仕事のこと、前から知ってた。いっとくけど、おれ的には、そういうの別に関係ないから」

「…………」

大立ち回りが始まってから、後ずさって傍観者《ぼうかんしゃ》を決め込んでいた親父野郎が、こっちを見ていた。親父野郎は誠也の言葉にショックを受けていた。ベンさんの職業を嫌《けん》悪《お》するということが、親父野郎にとっての切り札だったのだ。思いもよらないことだったが、誠也の胸に同情がじわりと広がった。親父野郎への同情だ。

「だったら、家出なんかすることないだろう」

ベンさんは、誠也の頭をなでた。不良の先輩たちを成敗《せいばい》した大きな手は、この上もなく優しい。この手で同業の女優にあんなことやこんなことをしたんだろうな、という考えが頭をよぎったけど、すぐに打ち消した。誠也にとって、そんなことは本当に、家族でいることの問題にはならない。

「おふくろに、何ていっていいのかわかんなかったんだ」

「ベンさんのところに帰る、でいいだろう」

「だね」

誠也は肺の奥で澱《おり》のようにたまっていた重たい息を吐いた。ベンさんのところに帰る。簡単なことだった。

5

誠也がベンケイの家に帰り、報《しら》せを受けた妻や助っ人たちもやって来た。黄花が福田の家から綺良を連れて駆けつけた。

ベンケイの妻は誠也の怪我を見て逆上し、同行はしたものの福田が息子を助けるのに何の役にも立たなかったことを悟り（誰も何もいわずとも、わかったらしい）、気持ちが百八十度変わった。つまり、元にもどった。茨木家に再び平和がおとずれたのだった。

景と黄花が誠也の手当てをしている。

ベンケイの妻は、おろおろしながら息子を見守ったり、お茶を淹《い》れたりした。

「ちょっと、いいですか」

一同に向かって発言したのは、密夫だった。

「皆さんがそろったんですから、ここでけじめをつけませんか？」

「けじめ？」

ベンケイはこわもての面相を、きょとんとさせた。

密夫は、手当ての終わった誠也に向き直った。

「誠也くん、綺良ちゃんを連れて、ちょっと席を外してくれる？」

「うぃっす」

誠也は意外と素直に、妹を連れて庭に出た。綺良がさっそく補助輪を付けた自転車にまたがり、歓声をあげはじめる。それを確認するように見守った後、福田が居心地悪そうに密夫の顔を覗き込んだ。

「わたしも居ない方がよければ――」

「いや、福田さんも居てください」

密夫はきっぱりといって、居間の一同を眺めまわす。

「前にレージさん、おれのこと、話を盛るクセがあるっていいましたよね」

「いったっけ」

レージはあいまいに笑い、ほかの一同はけげんそうな顔をする。密夫は真面目な声で続けた。

「おれけっこう、無意識にやってんですけど、どこで法螺《ほら》話したかは覚えてます。で、ちょっと話を蒸し返しますよ」

ベンケイとレージに送られた怪文書つきの、出演DVDのことを密夫は思い返すようにいった。

「ベンケイさんのセックス経験人数が二万人。レージさんはスカトロ趣味で、毎日自分のうんこ食ってる。例の手紙には、そう書いてあったんですよね。これって、おれがいった法螺話なんですよ」

密夫は皆の顔色を眺めまわした。クイズの司会者みたいな目付きをしていた。いや、ミステリーのクライマックスで、謎解きをする探偵の目付きか。それとも、おのれの罪を告白する犯人の顔か。その場に居た一同は、密夫の真意を測りかねて不安そうな色をにじませる。

「この話をしたのは明日屋のイートインスペースで、景さんと黄花さんは買い物に行ってました。おれの法螺話を聞いていたのは、レージさんと、新川さんです。この後で、ベンケイさんの奥さんと、レージさんの実家に、このウソを書き添えたDVDが送られたんですよ。おれ、この話を、ほかではしてないんです」

「密夫くん、どういうこと？」

黄花が皆を代表して訊いた。

密夫は、ちょっと苦い顔をする。

「レージさんは親バレの被害者なんだから、自分の秘密を親にチクるはずはないっすよね」

一同の目が、新川に向けられる。

新川が慌てた。

「おれじゃないですよ。密夫くんがいったんだから、密夫くんが犯人なんだろう？」

「おれ、やってない。それは、自分でわかってるもん」

　密夫は子どもみたいな理屈をいった。

「つうか、おれの彼女にバレたのがヒントになったんだと思うんですよ。これで、うまくしたら、レージさんとベンケイさんをつぶせるかもしれないって。ですよね、新川さん」

「知らない。おれじゃない」

　新川が尻で後ずさって、密夫のとなりから離れた。そして、右腕を振り回した。

「密夫くんが自分でバレたから、ヤケを起してベンケイさんたちを道連れにしたんだろう」

　それを受けて、密夫は大真面目にかぶりを振った。

「もしも、おれだったら、もっと上手《うま》くやりますよ。二人の本当のことを書くと思う。それだって、AVを知らない人には、充分にショックだろうからね。つうか、おれだったら、そういうことはしないよ。だって、おれ、AV男優だし。たった七十人しか居ない仲間を、蹴落《けお》とす必要ないもん」

　ベンケイとレージが抜けた穴を補《おぎな》った新川は、汁男優を抜け出して、男優としての仕事が入り始めている。そう指摘したら、新川の顔が変わった。いいがかりを付けられた気の毒な新人の仮面をはずし、悪意をあらわにした本性が出た。

「そうだよ」

一同の表情がこわばるのと反対に、悪い顔に変わった新川はさっきよりずっと哀れっぽくなる。

「おれだって男優をやりたかったんですよ。女優とセックスして、映像に納まりたかったんですよ。ショップの店先を、自分の出た作品で飾りたかったんですよ」

新川が立ち上がったので、ベンケイと密夫が迎え撃つようにすっくと立った。レージと景は、女性二人をかばうようにして場所を移動した。

ついさっきまで仲間だった人たちが見せた敵意に、新川は顔をゆがめる。

「汁男優はもういやだ。しかも、上汁や中汁の後ろから、女優の顔に精液を飛ばすなんて――情けなくて――情けなくて」

憎悪のこもった目で、レージを見た。その視線に跳《は》ね返されて、密夫とベンケイを見た。そして、くつしたをはいた自分の足へと視線を落とす。

「あんたたちに、とって代わりたかったんだ」

「おれたちは、筋金入りの男優だから、あれくらいのことじゃ、つぶせないよ」

レージが優しい声でいうと、新川は顔を上げて叫ぶ。

「あれくらいのこと？　あんたは、父親を殺したんですよ！」

ベンケイが大きな手を張り上げたが、一瞬遅れた。

先に新川を張り倒したのは、景だった。

校長を殴った前例のとおり、景はいささか気が短い。それだから、倒れた新川の胸倉をつかんで引きずりあげ、教室で鍛《きた》えた声で怒鳴った。

「殺したのは、てめーだろうが！」

割って入ったのは、福田だった。

「江藤先生。暴力をふるった方が負けですよ。あんた、学校でもうコリたでしょう」

解放された新川には、それが限界だったようだ。

皆が呆気《あっけ》にとられる素早さで玄関に走って行くと、引き戸を叩きつけるようにして逃げて行ってしまった。

「…………」

レージは父親を殺したといわれて傷ついている。景と密夫がその肩をたたき、ベンケイが頭をくしゃくしゃ撫《な》でた。

「まったく――この世は魑魅魍魎《ちみもうりょう》の世界だよな」

「でも、正義の味方も居ますよ」

景は福田を振り返って頭をさげた。

「福田先生、ありがとうございます」

「いや、こちらこそ、皆さんに息子を助けてもらって、お礼がまだでした」

福田は、庭で遊んでいる子どもたちを見て、長い息をついた。

「父親と認めてもらえなくても、あいつは、わたしの息子です。将来にわたり、それだけがわたしの希望です」

福田はそういうと、ベンケイに向かって無言で会釈《えしゃく》をして、玄関に向かった。景と黄花はレージをうながし、その後から密夫が付き従うようにして、福田の後に続いた。

玄関で靴をはいていると、ベンケイの妻が見送りに来た。

「皆さん、ありがとうございました」

ベンケイの妻は、深々と頭をさげる。息子を助けてくれて――夫に向けられた悪意を裁いてくれて、ありがとうございました。ベンケイの妻は、そういいたいのだ。彼女はやっと、密夫が最初にいったとおり『けじめ』が付いたようだった。

「なんで、おれたちって、こんなに人騒がせなんでしょうね」

道を歩きながら、密夫がいった。

「まったくだ」

景は同意したけど、どうして人騒がせなのかについては、簡単には答えられなかった。親戚一同の前で啖呵《たんか》を切ったとおり、自分もレージたちの仕事を認めているのか？　その疑問は、まだ胸にわだかまっている。景自身についてだって、同じことだ。校長を殴って学校を解雇《かいこ》されたことを、親は死ぬまで嘆き続けるだろう。

「腹減ったよ。ねえ、おなか、空《す》いた」

レージが駄々をこねはじめたので、皆で明日屋に向かった。

まだ正式にオープンしていない明日屋には、食材がほとんどない。景が棚の中から即席ラーメンを持ち出してきて、四人で食べることにした。味噌味に塩味、ノンフライ麺に、味付き麺をごちゃ混ぜにして煮た。丼に盛ってみると、案外に美味《うま》そうなにおいがした。

「おれ、具の入らないラーメン食べるの、初めて」

レージがいうと、密夫が真っ向から異を唱《とな》えた。

「マジすか？　袋ラーメンは素で食うのが一番でしょ」

「ベーコンとネギがあればなあ。あとは、キャベツ炒めとか欲しいよなあ」

景がレージに同意する。密夫が呆れた。

「なに、そのおぼっちゃまみたいなラーメン。味がうすまりますよ」

「あら、野菜から出汁《だし》が出るのよ。ベーコンはチャーシューの代わりになるし」

「いやいやいや。ベーコンはベーコンです。チャーシューとはちがうっしょ」

ラーメン談義を続けながら、四人ともが、いつもはここに居る新川の姿がないことを思った。けれど、誰も口に出せなかった。

この日を境に、新川は業界から姿を消した。

第五話

女優エレジー

第五話 女優エレジー

1

ジュリは見知らぬ廃屋を、後ずさるようにして逃げた。

男は欲望をむき出しにした目をして追ってくる。

「やめて、来ないで！」

絞り出すような懇願《こんがん》も、男の餓《う》えた意識に火をつけるだけだ。追いつかれ、腕をつかまれ引きずりあげられ、頬を打たれた。悲鳴を上げて倒れたはずみで、バッグが転がった。ジュリ自身も転倒し、今度は脚を捕らえられた。

「いいじゃないか。いっぺんだけ、やらせろよ」

「やめて――やめて――お願い――」

短いスカートは、肉体を守ることに何の役にも立たなかった。

男の両手がスカートの中に入って来て、ストッキングごと下着を引き下ろされた。足首をつかまれ、秘所をさらされた。もはや、声もでない。自分の怯《おび》えた息に、男の欲情した呼吸音が重なった。男がはいているジーンズを下げ、自分の下半身を剝《む》きだしにしてジュリに襲い掛かったとき――。

水前寺清子の威勢の良い歌声がはじける。

「ちょーっと、ちょっと、ちょっと。なんだよ、なんだよ、なんだよ」

監督が、頭を抱《かか》えてこちらに来た。

ジュリは、フルチンの男優を押しのけて、バッグを拾った。中でスマホが鳴っている。

ジュリは、大好きな『三百六十五歩のマーチ』を着信音にしていた。

凌辱《りょうじょく》のストーリーに殺気立った出演者もスタッフも、一気に現実にもどされて「あー」とか「うわー」とか、脱力の悲鳴を上げた。

「おいおい、頼むよ、ジュリちゃん。携帯電話は、控室に置いといてよ。じゃなきゃ、電源切るとかさー」

監督は怒りも露《あら》わな声でいうと、茫然《ぼうぜん》自失の男たちに向かって吠えた。

「連帯責任だ、撮り直しだからな」

「マジすか？」

男優が下着をずり上げながらいった。脇にひかえていた汁男優たちは、自分の得物《えもの》を制御しきれず、窮状を訴えた。

「おれ、精液残ってねえよ」

「ていうか、今、出る」

「こら、おれに掛けるな。それは女優に掛けるもんだろ」

男優が逃げて文句をいう。

「これだから、企画落ちはよー」

あからさまな悪意を背中で聞きながら、ジュリはスマホを耳に当てた。

「はい、あたしですけど」

電話の向こうで、相手は一方的にしゃべりたてた。

それが少なからずショッキングな内容だったから、ジュリは言葉をはさむこともできなかった。電話は要件だけを告げて切れ、ジュリは後ろでブーたれている男たちに向かって、聞いたことを短く告《つ》げる。

「心亜《ここあ》が死んだって」

ジュリへの抗議で沸騰《ふっとう》していた男たちは、口を開いたまま、フリーズした。

「どうして？」

ウソだろう。冗談だろう。何で死ぬんだよ。事故か？　病気か？　あいつ、どこか悪かったのか？　ざわめきが一人から全員へ伝播《でんぱ》した。

その全員に向けて、ジュリは聞き取ったもう一つの情報を投げた。

「自殺みたいだって」

性欲という命の瀬戸際を生業《なりわい》にしているＡＶ業界の面々も、その一言にあらゆる言葉をうばわれた。

＊

レイプシーンを撮り直して、シャワーを浴びる。南の国に咲く花のかおりを泡にして全身にまとわせ、熱い湯で流した。男優何人分かの精液も、洗い流され、排水口へと消えてゆく。育って人間になるかもしれなかった無数の精子たちが、大人の悪い遊びでもてあそばれ、いたずらに殺された。ヒロインであるジュリこそが、その殺戮《さつりく》の主犯だ。

「…………」

そんなことを思ってしまうのは、さっきの電話のせいなのだろう。心亜が死んだって、どうして？　自殺だなんて、答えになっていない。どうして自殺したのか、その答えを得る日は来るのだろうか？　排水口に流された精子たちの死の意味を見付けてやれないように、ＡＶ女優の自殺を解き明かすなんて初手から無理に決まっている。

浴室から出て、服を着て化粧をし直した。

鏡の前の、八頭身美人。

先月まで、メーカーと専属契約をしていた単体女優だった。ＡＶ女優として、ヒエラルキーのトップに立つのが『単体』だ。

さっきだれかがいった『企画落ち』というのは、もちろんジュリへの悪態である。単体として契約更新ができずに、企画単体というランクに落ちたことをいっている。

専属契約をしていないから、どこのメーカーの仕事にも出演できる。ただし、仕事の単価はガタリと落ちる。どこにも文句はいえない。ＡＶ女優の宿命だ。単体契約は三ヵ月更新で、いつまでもそこにとどまっていられる者は居ない。これぱかりは、絶対、そうなのだ。

単体から企画単体へ。企画単体から企画へ。ＡＶ女優は確実に転落してゆく。いい加減なところで、この稼業に見切りを付けて足を洗わないと、最後には最低賃金くらいのギャラで裸を売ることになる。

でも、それはまだ先の話だ。

でも——。

このままメーカーを一巡したら、使い捨て目的でひどいSM物なんかに出されて、ぼろぼろになって業界から追い出されることになるかもしれない。それを思うと、身が震《ふる》える。でも、まだ先のことだ。だから、考えないようにしなければ。さもないと、本当の地獄に落ちる前に、自分の中にある地獄に落ちてしまう。精神を病《や》んで——自殺する。

（心亜みたいに？）

心亜はAV女優特有の心の闇に落ちて、自ら死んだのか。

でも、この憂鬱はAV女優の宿痾《しゅくあ》のようなものだ。カメラの前で大股開きできるだけの心臓の持ち主ならば、遠い未来に怯えて死ぬなんて現実的じゃない。

（現実？）

虚構のセックスを売り物にする身で、現実を語る気か。

自らを揶揄《やゆ》したら、また電話が鳴った。警察からだった。

＊

心亜のことで、警察署に呼ばれた。

刑事ドラマで観るみたいに取調室で犯人扱いされるのかと思ったら、応接セットでお客扱いされた。神崎《かんざき》という三十歳くらいの刑事に名刺を渡された。

（ちょっと、イケメン）

顔を見てから、股間に目が行った。AV女優らしいプロ意識には違いないが、悪いクセだと思ったら、吹き出しそうになった。手に爪をたててこらえた。向こうも刑事というプロだから、股間をみやった目付きは見とがめられている。ここで吹き出したら、シャレにならない。

ジュリはいそいそと視線を落とし、名刺を見た。

神崎刑事の肩書は、巡査部長だ。それがどれくらいエラいのか、ジュリには刑事ドラマ以上の知識はない。ほかのおじさんたちの様子と見比べると、ぺーぺーではないものの、さほどエラくもなさそうだ。男優でいったら上汁くらいか？　そう思ったら、不覚にも今度は本当に吹き出してしまった。

神崎は顔をしかめる。これは、失敬、失敬……。ごまかそうとして、ごまかし用には不謹慎な話題を選んでしまった。

「心亜は、どうして死んだんですか？」

なぜ死んだ？　どうやって死んだ？

神崎は後の方の意味にとったようだ。

「青酸カリの中毒死です」

そんなドラマみたいなもので死んだとは、想像もしていなかった。青酸カリなんて、どこで売っているんだろう？

「如月《きさらぎ》心亜さんについて、教えていただけますか？」

「はい……」

警察でも調べているのだろうが、その手の内を明かされないので、ジュリは通り一遍の説明から始めた。

「心亜は、同じモデルプロダクションに所属している女優です」

「AV女優ですね」

「はい、AV女優です」

わざわざ強調されると、腹が立つ。別に、AVをやっていることに引け目なんかないが。

「心亜はあたしが単体女優だったころにデビューして、撮影現場で知り合いました。あの子は、企画っていう立場で――」

ここで、単体、企画単体、企画という、AV女優のヒエラルキーについて説明した。

「なるほど」

初めて現場で会ったとき、心亜は単体女優だったジュリの引き立て役としての端役をあてがわれていた。でも、本人は喜んで仕事をしていた。カメラの前で脱ぐことにも、本番を撮られることにも、別段に抵抗はないように見えた。

その割り切り方にプロ根性が垣間見えたし、容姿も良い。男優もスタッフたちも、心亜を可愛がっていた。でも、心亜はいの一番にジュリに懐《なつ》いた。だれが現場の主役なのかを見抜いていたのだ。

単体女優とは、それだけエライ。ジュリもその打算を見抜けないほどおめでたくはないが、心亜には目を掛けていた。向こうが媚《こ》びという仁義を切ってきた以上、可愛がるという返礼をするのも仁義だと思った――というところか。一度だけ、二人でレズ物にも出た。不覚にも、カメラの前で本気で惚《ほ》れそうになった。ジュリには、同性愛の気《け》はない。ただ、心亜がそれほど魅力的だったのだ。

企画女優としてデビューした心亜は、努力の甲斐《かい》あってか、企画単体に這《は》い上がった。ＤＶＤの売り上げが、最近の新人には珍しく伸びたのだ。心亜は企画単体となってからは、単体女優よりも稼《かせ》ぐようになった。ギャラは安くても数をこなせる企画単体は、月に一本だけと決められた単体にくらべて、荒稼ぎができる。

ジュリの現状も、いわばそれだ。契約しなかったメーカーを見返してやることだってできるのだ。……だけど、それも億劫《おっくう》だ。

「心亜はあたしが単体女優をしていたころ、付き人を買って出て、うちのマンションにもよく出入りしていました」

心亜はまめまめしく振る舞い、そして、ジュリの恋人を寝取った。

神崎の目が光った。

ジュリはまた笑いそうになった。

「正直にいうけど、あたしも飽《あ》きてたところだったから、別にいいんです」

「その彼氏さんのお名前は？」

「滝沼和樹《たきぬまかずき》」

「なるほど」

神崎は不透明な表情でうなずいた。気味の悪い顔付きだ。ひょっとしたら、この刑事は、男を寝取られた恨みに、ジュリが浮気相手を殺したとでも思っているのかもしれない。

「最後に一つ。一昨日の夜十一時から二時の間、どこに居ました？」

ほら、きた。アリバイを訊《き》いてきた。あいにくだけど、そんなものが都合よくあるわけもない。

「自宅のマンションに居ました」

「それを証明する人は居ますか？」

「居ません。一人暮らしですから」

ジュリは考えてから、「あ」といって顔を上げた。

「十一時過ぎくらいに、近くのコンビニに行ったけど」

店の場所と名前を訊かれ、答えた。

それから神崎は「ここだけの話ですがね」と続ける。警官なのに、変ないいぐさだ。

「個人的に、如月心亜さんは殺害されたと思っています」

「…………」

そうですか。そうでしょうとも。そんなはずはありません。そんな、ひどすぎます。

どういっても白々しい気がして、ジュリは黙っていた。

2

心亜の葬儀は、斎場ではなく寺で営まれた。

表通りから隠れた場所にある真言宗のお寺で、AV関係者はジュリのほかにはだれも来ていなかった。AVの仕事仲間が詰めかけても、かえって迷惑なのだろうか。ジュリも遠慮した方がよかったろうか。心亜の死を悼《いた》む人たちは、おとなしそうで、真面目《まじめ》そうで、カメラの前で大股開きなんかするのとは、別次元の人たちだ。

目立たないように祭壇からずっと離れた場所に座り、終わると同時に席を立った。慣れない正座をしたから、足が痺《しび》れていた。ここで転びでもしたら、心亜に恥をかかせる気がして、そそくさと玄関に向かう。

うしろから足袋《たび》をはいた足がぱたぱたと廊下を走る音がして、後ろからそっと腕をつかまれた。女性らしい、細くて弱々しい手だ。

振り向くと、心亜にそっくりの中年女性が居た。心亜の母親だと、その人はいった。

「あの子は本当に、ジュリさんのことを尊敬していたんですよ」

母親は心亜の生業について、どこまで知っているのだろう。心亜から親バレについて聞かされたことはなかった。そもそも、親のことを聞いたことがない。亡くなって、こんな立派な葬儀をしてもらえるような子だとは、思ってもいなかった。仕事のことは、もっと堅気なアルバイトとでも話していたのかもしれない。だとしたら、心亜の人生で最後のウソだ。しらばっくれるに如《し》くはない。で、ジュリはただあいまいにほほ笑んだ。母親は、手首に掛けた水晶の数珠に手を当てた。数珠をした手には、紐の把手《とって》が付いた白い紙袋を持っている。

「このところ気持ちが不安定になって、精神科のお医者さまに診てもらっていたんですが。まさか自分から命を絶つなんて」

「本当に」

当たり障《さわ》りなくいって、ジュリは黒いバッグからハンカチを取り出して目頭に当てた。意外にも、本当に涙があふれてきたのだ。そんなジュリを、母親は悲しそうに見守った。悲しそうな中に、満足したような色があった。

「これを」

持っていた紙袋を渡された。ちらりと見てＤＶＤだとわかったので、心臓がでんぐり返った。まさか、心亜かジュリが出ているＡＶか？　いや、ＤＶＤはＤＶＤでも四枚組のＢＯＸだ。前に心亜に、癒し系のホームドラマを貸したのを思い出した。

――あー、これ観たかったんです。貸してもらえませんかー?

ジュリの自宅のリビングで、心亜にねだられた。心亜は犬みたいに従順な子だったが、媚びるのが上手《うま》い。可愛い目で下から見上げるようにしていわれたら、どんな頼みでも断るのは難しい。この手練手管で、メーカーの社長も監督も、思うように心亜に操られていた。

現場でも、ひんぱんに押しかけて来るジュリのマンションでも、心亜は楽しそうにしていたものだ。母親のいうように、心のバランスを崩していたとは信じがたい。まして、自殺などあり得ない。事実はわからないけれど。

――個人的に、如月心亜さんは殺害されたと思っています。

刑事の言葉が、耳朶《じだ》によみがえった。

抱《かか》えていたトラブルなどない。だれに殺されたというのだ。心亜の将来に嫉妬したジュリにか?

「ああ、忘れていました。こんなときなのに、わざわざ、ありがとうございます」

ジュリは母親に向かって恐縮してみせた。

「こんなときでもないと、お会いできないと思って」

そのときなぜか、ジュリは直感した。親バレしている。この母親は、心亜のしていたことをお見通しだ。今、目の前に居るジュリも、とっくに化けの皮がはがれている。そうとわかれば、長居は無用だった。

＊

歩道橋の上で、紙袋を覗《のぞ》くと手紙が入っていた。花の絵柄の封筒に、ピンクと白のストライプのマスキングテープで封がしてある。その場で開いてみた。白い便箋《びんせん》に、思いがけないくらい上手な文字で、それはつづられていた。

ジュリ先輩へ。

ずっと借りっぱなしで、ごめんなさい。すっごい好きで、何度も繰り返して見ました。このままもらっちゃおうかなと思ったけど、ジュリ先輩も企画落ちして、お金とか大変になるだろうから、返そうと思います。惜しい！

和樹を殺したの、ジュリ先輩じゃないかと疑ったりしているんですけど、どうなんですか？　やっぱりあたしに盗《と》られて悔しかったわけでしょ？　そのことは謝ります。でも、なんだか謝ってばかりですね。

本当はジュリ先輩に謝ったりしたくありません。好きなフリしていたけど、本当はジュリ先輩が大嫌いでしたから。ジュリ先輩が、このドラマを虚《うつ》ろな顔をしながらひとりぼっちで観るんだろうなとか思うと、なんだか可哀想になります。あたしはこれから単体にのし上がって、ＡＶアイドルになって、ＴＶデビューする予定です。普通の女優になってドラマにだって出てやります。そしたら、ジュリ先輩はひとりぼっちのあの部屋で、能面みたいな顔をして、観てくださいね。チャオ！


和樹が殺された？

そんなこと、知らない。

ジュリは眉根を寄せた。

母親は心亜が精神科に通っていたといっていたが、確かにこの文面から異様なものを感じ取った。一見して自殺するような悩みとは正反対にも読めるけれど、これはどこか壊れている。せっせと媚びを売ってきた相手に、今度は喧嘩を売っているわけだが（それは少なからず、不愉快なのは事実だ）、つまり心亜の中で何かが終わったということではないのか？　何かとは、心亜の人生そのものではないのか？　つまり、心亜はやっぱり自殺したのではないのか？

歩道橋を降りたところにあったゴミ箱に、紙袋ごと手紙とＤＶＤを捨てた。別に縁起をかつぐたちではないけれど、濃厚な死の気配を自宅まで持ち帰りたくなかった。

そこから続く商店街の歩道を歩いていたら、後ろからヒールがアスファルトを蹴《け》る音が近づいて来た。それはジュリの背後で止まり、息切れまじりにジュリに話しかけてくる。

「あの——すみません」

振り返ったら、喪服の女が居た。とても品の良い、若い女だ。

通夜の席に居た人だろうか？　お寺からずっと追いかけて来たのだとしたら、手紙を読んでいるところも、ゴミ箱に捨てたところも見られていたかもしれない。

ジュリは、なぜかひどくきまり悪くなった。自分の濡れ場を撮ったＤＶＤを見られるよりも、きまりが悪かった。

「わたし、橋田千絵理《はしだちえり》といいます。心亜さんの親友でした」

やっぱり。

ジュリは、迷惑だと相手に伝わるくらいの苦笑いをしてみせた。

「あなたは、お仕事で心亜さんといっしょだった方ですか？」

「はい。まあ」

「和樹さんが亡くなってから、心亜さんはふさぎ込んでましたよね」

「和樹が死んだってのは本当ですか？　いったい、何で死んだの？」

「さあ――」

千絵理は困ったように首を傾《かし》げ、ふと視線を逸《そ》らす。二車線の車道をはさんだ向こう側の歩道に男が居て、こちらを凝視していた。長い金髪で、この暑いのに革のジャケットを着ている。片手に、ジュリが捨てたのとそっくりの紙袋をさげていた。ジュリと目が合うと、男は逃げるように立ち去った。

＊

千絵理という女はジュリといっしょにカフェにでも入って、心亜を偲《しの》ぶようなことを話したかったようだ。

ジュリにはその気がなかったから、適当なウソをならべて辞退した。

それよりも、和樹が亡くなったということが気になった。和樹と共通の知り合いなど居ないから誰にも尋ねようがないが、ネットで調べれば何かわかる気がする。心亜の手紙には「殺された」とはっきり書いてあったのだ。殺人事件ならば、記事になっているにちがいない。

タガが外《はず》れたような異様な手紙だったけれど、捨ててしまったのは、短慮なことだったと、いまさらになって悔《く》いた。あの金髪男に拾われたのかもしれないし――。

マンションの階段をのぼり、自宅のドアの前で小さなバッグを引っ掻き回して鍵を捜した。塩を掛けてくれる人が居ないから、お清めは省略した。

(ウッザイなあ)

ドアのポストには、分譲マンションの投げ込みチラシが入っていた。オートロックではないので、勧誘もセールスも来放題だ。

単体女優というのは派手な暮らしをしがちなものだが、ジュリにはそんな浪費癖はない。稼げるうちに稼いで貯めて、残りの人生ではそれを食いつぶしてゆくことになるとわかっている。AVで稼げなくなるときは、必ず来る。それでも裸の商売がやめられなくて、風俗で荒稼ぎしたとしても、それもできなくなるときは、生きている限り必ず来る。男のことなんかで死ねるなんて、心亜ものどかなことだ。

(和樹が本当に殺されたんだとして――それを追って死んだんだとして――)

リビングに置いてあるノートパソコンの電源を入れた。

和樹の死は今に至っても半信半疑だった。だから、早々にそれを報じる記事を見つけたときは、声に出してつぶやいてしまった。

「マジ……？」

品川《しながわ》区在住の元会社員・滝沼和樹さん、三十五歳──。

品川に居た同姓同名の同い年でなければ、和樹本人だ。

だけど、元会社員とはどういうことか？

（和樹、会社辞めてたの？）

その和樹は、大田区内の廃工場で遺体で発見されたという。死因は、転落死。警察は事件と事故の両面から捜査をしている、という。短い記事である。

ジュリはソファに体を投げ出してから、思い直して立ち上がり冷蔵庫からビールを出した。歩きながらタブを開け、座り直しながら飲んだ。ただの炭酸水みたいな味しかしなかったけど、それでもむさぼるように飲んだ。のどが渇《かわ》いていたのだ。そして、改めてパソコンの画面に見入る。

「マジかよ……」

もう一度声に出してみた。

和樹は平凡なサラリーマンだ。廃工場なんかに出かけるような、もの好きでも、芸術家肌でも、訳《わけ》アリな人間でもなかった。

もっと詳しいことが知りたくて、別のサイトを開いたが、同じ記事が転載されているだけだった。検索画面をスクロールしてゆくと、ニュースではなく掲示板が現れた。開いてみると、ウソかマコトか、和樹の正体が喧々囂々《けんけんごうごう》と取りざたされていた。

その廃工場とやらは、人が滅多《めった》に足を踏み入れないところだったので、遺体は腐乱《ふらん》して半ばカラスに食われていた――。

スタンガンの痕があったから、事故なわけがない――。

殺された滝沼は特殊詐欺の出し子をしていて、組織の金を持ち出して制裁を受けたらしい――。

滝沼和樹は連続レイプ事件の犯人だ――。

未解決強盗事件の犯人だ――。

（あらまあ、えらいこっちゃ）

和樹の罪状は、シリアルキラー並みに続いていた。

ジュリはからっぽになった缶をペシッとつぶして、背中に手を回して喪服のファスナーを下げる。汗をかいたから、クリーニングに出さなくちゃならない。これだけ持って行くのも面倒だから、いっしょに出すものなかったっけ。

和樹は、ここで好き放題に語られているような、極悪非道な人間ではなかった。と思い、すでに自分も過去形で考えていることに気付く。それでも、ともかく、和樹はおとなしい男だった。キレたら怖そうなヤツだと思ったこともあったけれど、キレたところは見たことがない。つまり、何を考えているのか、よくわからないところもあった。

煽情《せんじょう》的な掲示板の情報はともかくとして、ニュース記事の物足りなさが、和樹の死を真実だと告げている。そう認めてみて、ジュリは自分の心に触れた。痛くもないし、悲しくもない。ショックもさほど感じなかった。少なくとも、心亜の死を知らされたときは、もっと胸の奥に重たさを感じた。この無感動——無関心さが、和樹の死からリアルさを消し去っている。

自分を捨てた男のことなど、こんな程度のものなのかもしれない。祖父が亡くなったときも、従妹《いとこ》が病死したときも、やっぱりこのくらいのショックだった。ショックというよりは、もっと緩やかな憂愁だった。

(本当はもっと驚くべきよね)

祖父の老衰のように、従妹の病気のように、和樹が死ぬことが、予感としてあったのだろうか。だから、こんなに平然としていられるのだろうか。喪服を脱いで、部屋着に着替えた。そして、再びソファに沈み込む。もう見たいものはないのだけど、だらだらとマウスを操った。検索窓に思いつく言葉や名前を入れてみる。

如月心亜。

クリックした。

検索画面が切り替わり、一番上に出てきたのは、心亜のブログだった。やっぱり惰《だ》性《せい》で開いてみた。そこには、もう居ない心亜の、ウソくさいほどキラキラした生活が連なっていた。

五月二十六日、新しい彼氏に指輪をもらったと書いてあった。改行ばかりで読みづらい、絵文字も満載だ。写真はムーンストーンのピンキーリングをはめた左手を大写しにしたものだった。

スクロールすると、撮影のこと、自作のお弁当のこと、友だちとスイーツ店をはしごしたこと、新しい靴を買ったこと、と毒にも薬にもならないことが書き連ねてある。

「…………」

和樹の死を書いたらしい記事があった。

――さびしいよ。もう会えないなんて、あたしも死にたいって思っちゃうよ。どこを捜しても、どこまで行っても、あなたは居ないんだね？　どうして？　からだの中に「どうして?」って言葉だけがつまっている。わかんないよ。涙が出て、とまらない——。

　それに対して、ファンからの歯が浮くようなコメントが続いていた。しかし、中には物騒なものもある。

　——AV女優が特定の男との恋愛とか、のろけ話なんか書くな。読んでいて吐き気がする。殺意がわく。

　憂鬱《ゆううつ》になって、しかしまだ電源を落とす気にはなれず、検索画面にもどってさらにスクロールした。一般人のSNSに、今日の葬儀のことが書かれてあったので驚いた。アカウントを見たら、商店街まで追いかけて来たあの橋田千絵理だったから、さらに驚く。黒衣の参列者が連なる遠景を写した写真が掲載され、短いお悔やみの言葉が載っていた。

　書き込みをさかのぼると、もちろん最新記事みたいにしめやかな調子ではない。書かれているのは、洋服のことがほとんどだった。次々と新しい洋服の画像がアップロードされている。

（よっぽどの金持ちじゃなきゃ、破産するわ）

半《なか》ば呆《あき》れて、そんなことを思った。

ブランドの受注会について書いた後に、心亜のブログと同じアングルで指輪が写っていた。

――可愛くて、ついつい衝動買いしてしまいました。プラチナとムーンストーンのピンキーリング。おもちゃっぽいけど、似合いますか？

それは、心亜と同じ指輪だった。

3

その日は一日オフだったので、夜に一人で居る気にもなれず、和樹がお気に入りだったバーに出かけてみた。暗くて狭い、カウンターだけのバーだ。ブリキのおもちゃが、やたらと並べられているから、一人で来てもそれを眺めていると気がまぎれる。よく知らないカクテルを次々頼んでみた。美味《おい》しいのもあれば、不味《まず》いのもあった。

ほかに客がいなかったせいか、マスターがしきりと話しかけてくる。それで、ジュリも中途半端な孤独《ぼっち》をかこつのを断念して、話題をえらんだ。ことによったら、一番マズイかもしれない話題だ。

「ねえ、マスター。和樹って、本当に死んだの？」

「あ、ああ、そうだってねえ」

マスターはいまごろ気付いたような、小芝居っぽいしゃべり方をする。

「やっぱ、死んだんだ？　なんか、ネット見たらさあ、殺人みたいじゃん。マジなの？」

「あいつ、ここんところ変わってしまったからなあ」

「どんな風に？」

ソルティドッグを頼んだ。変な名前のカクテルだと、いつも思う。

「急に金回りが良くなって、そのころからつるみ出した友だちが居るんだ。楓弥《ふうや》とかいったっけか。日曜の夜によく来ていたから、今夜も現れるかもしれないよ」

「ふうん」

マスターの予言が当たった。

楓弥という男が店に入って来たのだ。

豈図《あにはか》らんや、とでもいうのだろうか。商店街の歩道で橋田千絵理に話しかけられたとき、車道ごしにこちらを見ていた金髪のにいちゃんだ。ジュリが捨てた心亜の形見を（元はといえば、ジュリのＤＶＤ・ＢＯＸなのだが）拾って、結局は逃げ去ったあの不審者である。あのとき彼は、千絵理を見ていたのか、ジュリを見ていたのか。

なにやら、仕組まれているみたいな感じがして、胸の奥がむずむずした。

しかし、この男が和樹の友だちで、和樹は心亜と付き合っていたわけだから、この男が葬儀会場の辺りをうろついていたとしても、説明はつく。ジュリは末席に居たから、寺の中にこんな目立つ頭の男が居れば、すぐにわかったはずだ。だから、通夜の席には来ていない。でも、どこかに居て、ジュリを追いかけて来た。もしくは、ジュリの後を追った千絵理を尾行して来た。なぜ？　知るわけがない。そして、ジュリが捨てた、心亜のムカつく手紙とＤＶＤの入った袋を盗んだ。なぜ？

「おれのこと、嗅ぎまわってたの？」

楓弥とやらは、そんなことをいった。口調が親し気でなければ、顔面にソルティドッグをご馳走《ちそう》するところだ。

「なんで、あんたを嗅ぎまわるわけ？　あたしは、和樹のことを偲《しの》んでただけ」

「捨てられたんでしょ？　あの人のこと殺したの、あんたじゃないよね？」

「やっぱり、和樹は殺されたんだ……」

ジュリは、おジャンにせずに済んだソルティドッグを舐めた。

「ネットでいろいろいわれているけど、どこまでが本当なわけ？」

「知らないよ。別にそんなに親しくなかったし。ネットで知り合って、たまにいっしょに遊んでいただけだから。年が離れているし、友だちって間柄とはいえないっしょ」

確かに、この金髪の楓弥は二十代前半のように見える。

「でも、あの人、女にもてたみたいだよね。あんたみたいな美人を捨てて、別のＡＶアイドルに乗り換えたりして」

楓弥は、こちらの正体を知っているような口ぶりだ。ただし、心亜はＡＶアイドルではない。ごっそりと居る企画単体女優の一人にすぎない。

「あたしのこと、知ってるの？」

「知ってるさあ、ねえ」

楓弥はマスターに目くばせし、マスターはきまり悪い顔をした。モザイクはかかっていたけど、あんたのオマンコ見たことがあるよとは、普通の心臓ではいえないのだろう。別に、いってくれてもかまわないんだけど。

「五月二十六日、和樹さんと電話で話したでしょ？」

「そんなの、覚えてないわよ」

唐突なことをいわれて、笑うフリをするのが精一杯だった。

実は、痛みといっしょに覚えていた。

和樹が心亜と会っているところを見付けたのは、その翌日だ。翌日、大喧嘩して捨てられたから、二十六日に他愛ない長電話をしたことは覚えている。

「そっちこそ、なんでそんなこと知ってんのよ」

こちらが傷心《しょうしん》の記念日を記憶しているのは仕方がないが、どうしてこの男が、そんな細かい日付なんか覚えているのか、解せない。

「おれ、あんたのファンだから、いろいろ知ってるよ」

ファンなら、もう少し笑うとか媚《こ》びるとかするものだ。ジュリは、ソルティドッグを舐《な》めながら、黙って楓弥を睨む。

「あんたの出たＤＶＤ、全部持ってる。あんたのこと――和樹さんに、捨てるくらいならおれにくれっていったんだ。あの人は、いいよっていった。でも、紹介してくれる前に、あの人が死んじゃったから」

「だから、あたしが捨てたゴミも拾ったわけ？」

「あれ？　ああ、面白い手紙が入ってたね」

楓弥は鼻で笑った。心亜の手紙を読んだらしい。ことさらに冷淡にふるまうのは、皮肉か？　それとも同情か？　ファンだというなら、ジュリに媚びているのか？　あの手紙は、下着の中とどっちがプライベートだろうか？　つまり、ケツの穴まで見られたと思うべき？

「でも、こうして会えたから、終わりよければ全部良しって感じ」

楓弥は別に嬉しそうでもない態度で、自分の水割りの尻をジュリのグラスにぶつけた。

「今度、あんたの髪の毛を切らせてよ」

「？」

まばたきだけで、問い返した。楓弥は自分の両手を目の前にかざしてみせる。痛そうな、あかぎれだらけだった。

「手、どうしたの？」

「おれ、美容師のアシスタントなんだ。まだシャンプーやカラー流ししかさせてもらえないから、一日中そればっかりで荒れちゃうんだよ。一度こうなると、シャンプーの刺激だけでも悪化するんだよね」

「皮膚科に行った？」

「効く薬がなくてごめんなさいって、医者があやまってた」

「………」

思わず、傷だらけの手を両手で覆ってやった。楓弥は、初めて笑う。

「ありがとう」

それまで挑《いど》むようにこちらを見ていた目を、カウンターに落とした。

「手があたたかい人って、心が冷たいっていうけど、あれはウソだね。あんたの手、あったかい」

カビが生《は》えたみたいな口説き文句だが、なんだかやけに嬉しい。

視線を感じて振り返ると、離れたボックス席に神崎刑事が居た。急に興ざめして、席を立つ。

暗くて危なっかしい螺旋《らせん》階段をのぼって地上に出た。盛り場はまだ宵の口。これからお気に入りの店に繰り出す人たちが、じゃれ合いながら道を行く。その間を縫うようにして、交差点を渡り、地下鉄の駅に降りた。

「……？」

追いかけられているような気がして、振り返った。

雑踏はただ、見知らぬ人の群れだ。結局、だれも見つけられなかった。

＊

その夜、和樹と心亜を殺す夢を見た。

ジュリは、和樹に捨てられたことに猛烈に腹を立てている。寝入りばなだったから、半分覚醒《かくせい》している意識が、それを否定した。和樹のことは、すでに飽きていた。未練などなかった。神崎刑事にもいったとおりだ。そうわかっているのに、夢の中のジュリの感情は、わずかに残った意識を食らい込み、押しつぶす。

ジュリの心は、暗くて固い悪意にすり替わっていった。自分を捨てた和樹が憎くて、自分の男を盗った心亜がもっと憎い。もはや完全に夢に飲み込まれたジュリは、ＳＭのボンデージファッションをまとっていた。黒いビスチェに、革の下着とチョーカー、かかとのとがったブーツ。追いやられた理性がまた侵入して来て、笑う。べったべたの女王さまだね。その女王さまは、自分を裏切ったカップルを、ひどく怒っている。都合の良い夢の中でのことだから、裏切り者のカップルは、あっけないくらい無力だ。ひざをつき、両手を合わせて、土下座をして、おまけに泣きながら、ジュリに謝っていた。

ジュリは狂暴な目で二人を見下ろす。

そして、自分たちが居る身慣れない風景に顔を向ける。

割れた戸や窓から土埃《つちぼこり》が入り放題の廃墟だった。

ジュリは鞭《むち》の先で和樹のあごをもたげさせ、とがったヒールでその胸を思い切り蹴り飛ばしてやった。和樹は悲鳴をあげ、仰向けに倒れる。なんだか、ひっくり返された甲虫《こうちゅう》みたいだ。そして、これはＳＭのプレイだから、和樹は怯《おび》えながらもどこか楽しそうだ。変態め。と、自らサディストになり切ったジュリは嫌悪もあらわにつぶやく。そして、無防備な和樹の首筋にスタンガンを押し当てる。

悶絶《もんぜつ》する和樹を見て、心亜が悲鳴を上げた。可愛い悲鳴だ。

ジュリはスタンガンで脅《おど》し、心亜に和樹を担《かつ》ぎ上げさせる。小柄な心亜が大の男を持ち上げるのは非常に困難だったが、心亜は自分の運命を知っていた。従順でいなければ殺されるという恐怖で、和樹の体を持ち上げ、窓から突き落とした。

どん。

はるか下で、和樹の体が砕《くだ》ける音がする。

心亜はジュリをおそれ、声を殺して泣いた。その顔が愉快《ゆかい》で、ジュリはにたにたと笑う。

割れたガラスが、心亜のパンプスの下で、ジュリのブーツの下で、ちりちりと音を立てた。ガラスの破片はさらに細かくくだけ、なぜか香水のかおりがした。

ジュリは、心亜の眼前にカプセルを突き出す。

心亜は辛抱《しんぼう》しきれず高い悲鳴を上げ、怒ったジュリはスタンガンを心亜の目の前に突き付けてみせた。心亜は泣きじゃくりながら、ジュリの手からカプセルを取り、震える口に入れる。飲め、飲め、飲め——。ジュリは残酷にいい放った。

心亜はカプセルを口に含んだまま、土下座をし、泣きながら謝り、そして飲んだ。顔色が紙のように白くなり、悶絶の果てに、同じ色のあぶくを口から溢《あふ》れさせて、心亜は死んだ。

同時に、ジュリは目を覚《さ》ました。

胸がうるさいほどに脈打っていた。

カーテンの隙間《すきま》から見える空が、まだ暗い。汗が髪から頬に伝った。まるで撮影の最中に、顔に精液を浴びせられたみたいだ。そう思ったら気持ち悪くて、浴室に直行した。シャワーを浴びた後、冷蔵庫に貼ったカレンダーを見た。

「さあ、さあ、今日も仕事」

声に出していってみた。

なにせ、企画単体になってから、業務形態は薄利多売に変わったのだ。せいぜい、稼がねば。

夢見が悪いせいか、胃が重たかった。毎朝の習慣にしているトマトベースの野菜ジュースを飲みながら、着替えた。ブランド物のプルオーバーに、ビンテージジーンズを合わせた。ボッティチェリのビーナスに似た髪の毛をヘアバンドでとめて、鏡に向かった。

化粧をしながら、だんだんと見知った自分の顔になる。

しばし、放心していると、涙が出てきた。

(なんでよ？　心亜が死んだから？　和樹が死んだから？　和樹に捨てられたから？　和樹が何だかわけわかんないヤツだとわかったから？)

事務的な仕草で涙を拭《ふ》いて、パウダーで修正した。涙の跡はたちまち消えて、美人ができあがる。鏡に映る掛け時計を見た。泣いていたら、時間を食ってしまった。タクシーを呼んで、急いで家を出た。

4

今日の撮影はまたしてもレイプもので、男優二人を相手にする、いわゆる3Pなるものをさせられた。でも、男優もスタッフも気心の知れた相手ばかりだったので、楽しく時間が過ぎた。

ジュリが凌辱されるDVDを観て股間を熱くするお客たちは、実は彼女も男優たちと一つ穴のムジナだと知ったら——そりゃ、知っているだろうけど、お楽しみは半減だろうなあ。そう思ったら、おかしくて一人でくつくつ笑った。

「なんだよ、ジュリさん、思い出し笑い、不気味ー。おれ、何か撮影中に変なことした？」

若手のレージが、顔を覗き込んでくる。

「いやいや、グッジョブでしたよ」

「ならいいけど」

レージは、出演者とスタッフ全員分の昼食を持って来てくれた。親戚カップルが弁当屋をはじめるので、その試作品だという。

「メニューは日替わりで一品だけ。一品入魂だそうです」

美味しいお弁当だった。仲の良い二人が、気持ちを込めて作ったんだろうなと思ったら、柄にもなくほのぼのしてきた。その弁当屋の風景は、容易に目に浮かんだ。新しい出発の場——結婚式そのものだ。

「いいわよねえ。あたしも、彼氏といっしょにお弁当屋さんやりたいなあ」

「その前に、彼氏を作らなきゃ」

レージが茶々を入れると、監督が身を乗り出した。

「おれなんか、どう?」

「監督、死ぬまでAVの監督をするんでしょ?　おれは撮影現場で死にたいとか、いっていたじゃないですか」

こんどはカメラマンが、そんな指摘をした。一同は、他愛なく声を出して笑った。

AV業界にもいろんな人が居るが、今日集まった男優とスタッフは、とりわけ好きだ。いっしょに居ると、なんだか学生のサークルで映画を撮っているような錯覚《さっかく》を起こす。ジュリは映画サークルになんて、所属していたことないけれど。それに、学生のサークルはAVなんか撮らないけれど。

お弁当を食べ終えると、三々五々に帰り支度を始めた。ジュリは自分のバッグにマンションの鍵がないことに気付く。

「ねえねえ。あたしの鍵、見なかった?」

「鍵って、家の?」

カメラマンとレージが揃って、こちらを振り返った。

「うん」

「不用心だなあ。警察に届けなくちゃ」

「大袈裟ね」

ジュリは笑って、『三百六十五歩のマーチ』の鼻歌を歌った。今日の仕事が楽しく終始したから、われながらちょっと浮かれているようだ。

「好きだよね、その歌。いつも歌ってる」

レージがいった。

「そうだっけ? まあ、好きだけど」

「ちょっと、意外。だって、ジュリさんってクールビューティじゃん」

「クールビューティを男二人で犯して泣かして、何いうか」

言葉とは裏腹に、上機嫌は続いている。

「じゃあね。おつかれー」

帰り道、スーパーで買い物をした。

まだ、だれかに後を尾行《つけ》られているような気配を感じて、振り返った。しかし、だれも居ない。

＊

マンションのドアの前に、見知った若い女が居た。

（だれだったっけ）

同業者が一万人もいるＡＶ女優のことだから、顔をうろ覚えしている相手など、限りなく居る。昨今のＡＶ不況で、女優に採用されるのは選び抜かれた存在となり、そのスペックはテレビタレントをしのぐほどだ。ともあれ、ジュリのドアの前に居る女には、ＡＶ女優らしい気配がない。カメラの前で本番をやってのける者特有の、野性の色気がない。

（てことは――）

思い出そうと四苦八苦している間に、相手はジュリの姿を見て安堵《あんど》の色を浮かべ、同時に慌て出した。それで、ふと思い至った。心亜の葬儀の日、ジュリを追いかけて来た橋田千絵理だ。

「あの」

千絵理が目で示したドアには、鍵が挿《さ》さっていた。

「あちゃあ」

ジュリは片手で目を覆ってみせた。鍵を抜き取るのを忘れて出かけてしまったらしい。そうと察して、いい訳を探す。そして、思い当たったのは、今朝の物騒な夢だ。あんな夢のせいで、動顛《どうてん》してこんなうっかりをしてしまったのだろう。さりとて、だれをも恨むこともできない。舌打ちしそうになったけど、千絵理が居るので、我慢した。

「すみません。勝手に押しかけてきちゃって。心亜さんから、こちらだと聞いていたもので――」

「あ、そうなんだ」

ジュリは、当たり障りのない笑顔を作った。

「留守だったんですけど、ドアに鍵が付いていたから、泥棒に入られたらいけないと思って、見張っていたんです」

「えー」

さすがに驚いた。

この子は、鍵の番をするために、ジュリの帰りを待っていたというのか。

「ありがとう。すごく助かった」

ジュリはいささか声を震わせていった。

「今日はどうしたの？　うちに来たんだよね？」

「話を聞いていただきたくて――」

千絵理は白くて小さい手に目を落として、もじもじした。

ジュリはドアから鍵を外すと、さっと時計を見る。

「どこかに、ご飯でも食べに行く？」

「はい！」

千絵理は、仔犬のように喜んだ。

＊

居酒屋で乾杯をした。ふたりで同じグレープフルーツサワーを頼んだ。先日、和樹のお気に入りのバーで、興味本位にカクテルを片っ端から注文してみたけど、本当は肩ひじ張らない居酒屋の方がいい。あまり飲めなかったころは、バーで格好付けるのが好きだった。大人になってどんどん酒が強くなってからは、下駄ばきで来られる店の方がホッとする。

「で、話って?」

お通しのゴーヤ炒めが、苦くて美味い。

「心亜のこと? あんたたち、親友だったっていったっけね」

ジュリが水を向けると、千絵理は抹茶でも飲むみたいにジョッキの底に手を添えて、一口大きく飲む。「ふう」と息をついた。

「あれは、ちょっとウソというか」

千絵理は真面目な顔で、テーブルに目を落とす。水滴を細い指で広げて、いいづらそうに口をゆがめた。

「でも、これって、心亜さんにも相談に乗ってもらっていたことなんです」

「うん」

「わたし、借金があるんです。自分のせいなんです」

洋服好きが高じて、収入の何倍も買い込み、クレジットカードの上限に達して、複数の消費者金融からも借りた。悪いタイミングで勤め先は派遣切りに遭い、今は利息を支払うのもおぼつかない。ネットで高額の求人を探していたら、ＡＶ女優募集に行きついた。

「ホームページにはモデルの仕事って書かれていたんですけど、プロダクションに行ってみて、すぐにＡＶの仕事なんだとわかりました」

オフィスに入るのをためらっていたときに、心亜に後ろから声を掛けられた。ここでためらっている女が訳ありだというのは、名探偵でなくてもわかる。

――プロダクションに入りたいの？　ひょっとして、お金のこととかで悩んでる？

あまりにも図星だったので、ここを訪ねて来た事情を話してしまった。心亜にとっては、別に耳新しいトラブルでもなかったようだ。

――それくらい、普通かも。

心亜があっけらかんと笑うので、千絵理は気が抜けてしまった。

――全然いいじゃん。心配ないよ。うちのプロダクション、コンプライアンスとかしっかりしているし、安心して働けるよ。

ＡＶのコンプライアンスとはどういうものだろう。千絵理には冗談のようにしか聞こえなかった。けれど、心亜は専門的なことをいってきた。

――あんた、可愛いから企画単体でいけると思う。あたしもそうなの。

意味がわからないので、あいまいに笑った。

――一応、撮影で本番はするけど、いい仕事だよ。男優とかスタッフとか優しいし、ほんと、鬼畜っぽい映像を撮っても、そこは大抵プロの技術なわけよ。鬼畜に見せているだけなわけよ。そこが、腕の見せ所なんだな。現実にはちやほやしてもらえるの。少なくとも、あたしクラスはそうだよ。

そういう心亜は、いかにも得意そうだった。

――ギャラとか、普通のOLしている人からしたら、想像できないくらい貰《もら》えるしさ。借金なんかすぐ返せるし、洋服もっと買えるよ。

そんな調子で勧《すす》められたが、そのときは決心がつかずにプロダクションのドアをくぐることはなかった。

その後、パン屋でバイトをはじめたものの、収入はたかがしれている。心亜の楽し気な言葉が胸に何度もよみがえり、もう一度、今度こそモデルプロダクションを訪ねて行こうと考えていたら、その心亜が死んだ。

「ショックでした」

「そりゃあ、人が亡くなったら、ショックよね」

ジュリは同意するが、AVの世界に入ろうか否かで迷っていた千絵理には、ショックとともに恐怖も込み上げてきた。

「やっぱり、ＡＶ女優って、自殺するくらい辛《つら》い目に遭《あ》っているんでしょうか？」

「あたしは少なくとも、そんな気は起こしたことないけど」

枝豆を前歯でかじってさやから引っ張り出し、ジュリは神崎刑事の言葉を思い出している。

――個人的に、如月さんは殺害されたと思っています。

どんな仕事にも、裏に回れば怖い景色が広がっているだろう。それに殺人事件だったとしても、心亜が仕事のトラブルで殺されたとは限らない。さりとて、ジュリは生前の心亜ほどに楽天的な言葉を千絵理に告《つ》げる気にはなれなかった。

「あたしは、ＡＶ女優になるなんて勧《すす》めないよ。実際、この仕事をしていて、死ぬほど怖い目に遭った人も居るし、そうかと思えば、楽々稼げて脱がなくてもいい仕事……タレントとかにステップアップする人も居るけどね」

ジュリはジョッキが空《から》になったので、後ろを通り過ぎる店員に焼酎のロックを注文する。

「でも、カメラの前でセックスして、その映像がずっと残るんだよ。あんたが結婚して、子どもが生まれても、ずっとだよ。そういう生活にもどりたいと思うなら、やめときなよ」

ジュリはそういったが、口調は他人事《ひとごと》といった感じだった。実際、他人事だからだ。

「ジュリさんは、どうなんですか？　ジュリさんはAV女優やっているけど、将来のことだって考えているんでしょう？」

「どうなのかな。そっちの世界で生きてたことないから」

仕事はもっぱら、裸で稼いできた。抵抗はなかったし、それで未来がつぶれたと思ったことはない。千絵理にいった言葉は、やっぱり他人事だ。結婚して子どもを産むのは、別の世界の女がすればいい。そう思うことは、別に自嘲《じちょう》でも自虐《じぎゃく》でもなかった。

だけど、千絵理はジュリを傷付けたと思ったらしい。そそくさと話題を変えた。

「心亜さん、なんで死んだんでしょうね」

「そうだよね」

それがわかったら、警察は要《い》らない。そう思って、ジュリは自分の冷淡さに驚いた。最後の手紙は憎たらしかったが、それと心亜の死を悼むのは別のことだ。

「心亜さん、彼氏が亡くなったとき、すごく落ち込んでいました。悪い仲間に殺されたんじゃないかっていってました」

「悪い仲間？」

和樹が、人殺しなんかする連中と付き合うはずはない。そうは思ったけど、自らをスタンガンで気絶させておいて、飛び降り自殺するはずもない。だったら——だったら——。考えても、さっぱりわからなかった。それこそ、警察が扱う事件だ。

焼酎のグラスを空《あ》け、何とはなしに見やった千絵理の小指に違和感を覚えた。その理由は、すぐに思い至った。SNSに載せていたピンキーリングがないのだ。心亜と同じ、プラチナとムーンストーンのピンキーリングだ。

5

撮影で遅くなり、夜道を歩いていた。

以前、心亜の葬儀の後で通った歩道橋の階段をのぼりながら、自分の足音と同じペースで、ゴム底の靴の押し殺したような音が、迫って来るのを確かに捉《とら》えた。振り返ったのに、だれも居ない。手すりから身を乗り出して見渡しても、だれも見つけられない。でも、確かに、足音は追って来るのだ。ジュリが止まれば、それは止まり、早足になれば急いでついてくる。

怖くなって駆けだした。

複雑にからみあった空中道路を、ハイヒールで走る。気付かれたと悟った相手は、もう遠慮することなく追って来た。でも、姿は見えないのだ。

階段を降り、ヒールが滑り止めにひっかかった。

そのとき、背中を押された。二つのてのひらが、勢いを付けて背中を叩く。駆け下りていた勢いも手伝って、ジュリは転げ落ちた。映画のスタントみたいに見事に転がり、地上まで落ちて倒れ込んだ。ひじとひざを思い切りすりむき、足首をひねった。

ショックと痛さと恐怖で、すぐには動くこともできなかった。遠くで、酔っ払った若者のグループが、闇を透かすようにしてこちらを見ている。

「大丈夫ですか」

後から、だれかがそう訊いてきた。その声に覚えがあった。見上げると、長い金髪を夜風になびかせた男が、心配げにこちらを見下ろしている。楓弥だ。その目が、ジュリと同じほど驚いていた。

「ジュリさんじゃんか。どうしたんだよ?」

「だれかに後を尾行《つけ》られて、突き落とされた」

常夜灯に照らされた階段を見やる。さっきまで、ひっそりと追って来ていた者の気配は消えている。

「マジ？」

楓弥はしゃがみ込み、ジュリの傷を覗き込む。

「すげえ、痛そう」

「つーか、足、くじいちゃって、そっちのが大変」

起き上がろうとして、激痛が走り、再び倒れ込んだ。楓弥が抱き留めてくれて、しゃがみこんでこちらに背中を見せた。おぶされといいたいようだ。

「おれん家、近くだから。足、早く手当てしないと、腫《は》れちゃうよ」

「えー。ありがとう」

親切に甘えたくなって、素直に背負われた。楓弥はジュリを軽々と背負って歩き出す。

「警察に行かなくていいの？」

「めんどくさい。どうせ、犯人、逃げちゃったし」

「病院は？」

「今日保険証持って来ていないから、後でまた行かなくちゃだめでしょ。そんなの、めんどくさい」

「めんどくさがり屋」

楓弥は声をひっくり返して笑った。

「あんた、仕事、順調？」

「辞めちゃった」

「マジ？　なんで？」

「手荒れがひどくて、馬鹿馬鹿しくなった」

「根性なし」

ジュリがいうと、楓弥はまたヒックヒックと笑う。

楓弥の住むアパートは本当にすぐ近くで、部屋は外階段を上った角部屋だ。彼はジュリを背負ったまま、後ろ手で器用に玄関の鍵を開けた。かかとをつぶしてはいていたスニーカーを脱ぎ捨て、ジュリも手にもっていたハイヒールを玄関に置いた。

「意外に片付いてるんだね」

「普通だよ、失礼だな」

一間しかない部屋にジュリを降ろすと、救急箱を持ってくる。脱脂綿に消毒薬を吹き付けて、腕と足の傷を拭かれた。

「痛い、痛い」

「あんたがそれをいうと、セクシーだね」

「馬鹿じゃないの」

足首の湿布は自分で貼った。包帯を巻いて、湿布を固定する。

「コーヒー、飲む？」

「うん、ありがとう」

部屋の一角に畳半畳分くらいの炊事場があり、楓弥はそこに立ってコーヒーを沸かしだす。

ジュリは辺りを見渡した。収納スペースはなく、部屋の隅に布団がたたまれていた。ちんまりした赤い冷蔵庫と、意外に大きなテレビとＤＶＤプレーヤーが、数少ない文明の利器だった。

テレビのとなりには古ぼけたカラーボックスがあり、ＤＶＤのパッケージが並べられている。近づいて見ると、全て、ジュリが出演したものだった。一作残らず揃っていて、ほかの女優のものはない。

部屋に満ちるコーヒーのにおいをかぎながら、ジュリは部屋のあるじを振り返った。急に、不穏なものを感じた。

さっき、彼女を尾行《つけ》ていた気配は、どうして急に消えたのか。彼女を階段から突き落とした者は、どこへ行ったのか。同じタイミングで現れたのが、楓弥ではないか。ジュリの態度の変化に気付いたのだろう。楓弥は、淹《い》れたばかりのコーヒーを運ぶでもなくこちらに近付いて来る。

（なによ）

ジュリは痛む足首をかばうようにして、本能的に後ずさった。

楓弥の顔が変わっていた。

レイプ物の撮影のとき、男優はこういう顔をする。が、本物にお目にかかったのは、初めてだ。視線がぶつかり、ジュリは目を怒らせて睨み返した。

楓弥は目を逸らすが、その手でやにわに、ジュリのブラウスを引き裂いた。露《あら》わになったブラジャーを引きはがそうとするので、ジュリは捻《ひね》っていない方の足で、相手の胸を蹴った。

楓弥は後ろに転んだが、それが余計に性欲をあおる結果となった。

聞きなれた鼻息、下着を脱がそうと伸びて来る手、どれもお馴染《なじ》みのものだが、これはガチの強姦だ。いまさら守る貞操もないが、レイプされるなんてゴメンである。

「ああ、尾行《つけ》ていたのは、おれだよ。階段から突き飛ばしたのもおれ。気付かないなんて、まぬけ過ぎるね」

　確かに、そのとおりだ。

　追う者と、追われる者。突き飛ばした者と、突き飛ばされた者。助ける者と助けられた者。初手から二人っきりではないか。

「好きだよ――好きだよ――好きだよ――この気持ちをわかってくれよ――」

　楓弥は下着ごとジーンズをひざまで降ろし、まったく無様な格好になった。

「和樹さんって、本当に馬鹿だよな。あんたを捨てて、あんなブスに乗り換えるなんて。おれだったら、絶対にそんなことをしない。ねえ、あの声を聞かせてよ。あんたがいく時の声を、生で聞きたいんだよ――」

「冗談――！」

　思わず、怪我《けが》した方の足で、楓弥の股間を蹴りあげた。

　二人同時に怒号のような悲鳴を上げ、ジュリは這って玄関に向かった。

　追って来た楓弥は、脱ぎ掛けのジーンズで足をもつれさせて転倒する。

　ジュリははだしで逃げ、足を引きずりながら階段を降りた。

　騒ぎを聞きつけた隣室の住人が、ドアをうすめに開けて、こちらを見ている。ジュリは何度も転びながら通りに出ると、タクシーを拾って帰宅した。

＊

翌日、インターホンの音で起こされた。

体中が痛いし、顔も腫れている。擦《す》り傷に貼った絆創膏《ばんそうこう》がはがれて、寝具や腕や足に乾いた血が付いていた。そんな鬼ババアみたいな格好で玄関まで足を引きずって行き、ドアスコープを覗くと神崎巡査部長の顔が見えた。

「なに？」

不機嫌な顔でドアを開けると、神崎はいつもの感情の見えない顔付きで、こちらを凝視《ぎょうし》している。どうして、この人が？　ていうか、前にこの人にあったのは、どうしてだったっけ？　ああ、そうだ、心亜が死んだときだ……。

寝ぼけた顔をこすっていると、神崎はその怠惰な態度が恥ずかしくなるくらい、冷徹な声でいった。

「昨夜、野又楓弥さんのアパートに居ましたね」

「なんで知ってるの？　ゆうべのことは、警察行くほどじゃないと思ったのよ。なんていうの？　有名税っていうか？　いや、ちょっと違うか？」

「野又楓弥さんが、昨夜、殺害されました。すみませんが、警察署まで来ていただきます」

「は？　あの、ええと、あたし、疑われているの？」

神崎刑事は答えず、ジュリは顔を洗って着替えただけで、メイクもせずに警察車両に乗せられた。

＊

仕事帰りに不審者に追いかけられ、歩道橋の階段から突き落とされ、それが楓弥の仕業《しわざ》で、挙句《あげく》に強姦されそうになったことを証言した。

今度は、応接セットではなく、取調室に入れられた。やっぱり容疑者なのだと思ったら怖くなったが、昨晩のことは腹立ちも手伝って、正直に詳細に話した。

「そりゃあ、レイプなんかされたくないから、抵抗して逃げましたよ。あいつの股間を思い切り蹴ったら、すごく痛がってた。こっちは怪我していたし、そうね、逃げるところを隣の部屋の人が見ていたわ。フリチンで玄関から出て来る楓弥のことも、見てたわよ。つまり、あたしが逃げたときには、あいつは生きてました」

「なるほど」

神崎刑事は、否定もせず、怖い声も出さずにジュリのいい分を聞いている。

部屋の隅に居た陰気な警官が、無言でそれを書き留めていた。

楓弥の死因は失血死だった。自宅で――ジュリを襲ったあの部屋で、頸部《けいぶ》を切られ、血の海の中で死んでいたという。

凶器は部屋にあった包丁で、階下の人間が被害者と女性の穏やかならぬやり取りを聞いている。つまり、ジュリを襲った騒ぎが、ドタンバタンと下に聞こえていたのだ。女性の来客があったのを証明するように、ハイヒールが玄関に残っていた。それには血痕があった。さもありなん。ジュリの靴だ。

「あたしが逃げたとき、あいつは生きてましたよ」

ジュリは繰り返す。

その証言は、アパートの隣室の住人から簡単に裏付けが取れたようで、それ以上は追及もされずにジュリは解放された。自動販売機でスポーツ飲料を買って飲んでいると、神崎刑事が近づいてくる。

神崎はジュリが飲み終わるのを見守り、正面口まで送ってくれた。

「野又楓弥には、連続強姦犯の容疑がかかってました」

「ええ、まさか」

自分も被害者の一人になるところだったというのに、ジュリはひどく驚いた。怪我をさせられ、だまされて、レイプをされかけたのに、意識のどこかであれは現実ではなく、ひどいストーリーのＡＶだったような気がしていた。

「共犯者は、滝沼和樹です」

「まさか！」

今度は、もっと驚いた。

和樹は浮気はしたものの、根は毒にも薬にもならないような男なのだ。少なくとも、ジュリはそう思っていた。その平凡さが好きだった。ジュリの変則的な日常を中和してくれるように思えた。それが全部、ジュリの思い込みに過ぎず、実際には連続強姦犯だったなんて。

「あたし、ひょっとして容疑者なんですか？」

「殺害された二人の関係者ですからこれからもお話を聞くことはあると思います」

神崎は、「はい」とも「いいえ」ともいわなかった。ちょっとイラつく返答だ。

「今日は帰っていいんですか」

「ええ。ご苦労さまでした」

神崎刑事は無味乾燥な声でいってから、「あの」と付け足した。

「怪我、大変でしたね」

「本当よね。ありがとう」

マンションに帰って、部屋に上がり、ふと違和感を覚えた。他人の家に紛れ込んだような、落ち着きのない空気が、そこはかとなく漂っている。冷蔵庫に貼った絵葉書、テレビの横に置いた人形、無造作に脱ぎ捨てたスリッパ、読みかけの本など、どこかしら部屋を出たときとちがっているような気がするのだ。加えて、自分のほかに、だれかが居るような気配がする。まるで昨夜、歩道橋を渡っていたときに、尾行されていたあのときみたいな不審な気配だ。

昨日の今日だけに、恐れが意識に残っているせいだと、ジュリは考えた。彼女を追いかけて来て階段から突き落とした相手は――だましてアパートに連れ込み、レイプしようとした強姦魔は死んだのだ。

楓弥に襲われたことに動顛《どうてん》している。

楓弥が殺されたことに動顛している。

楓弥と和樹が強姦犯だったことに動顛している。

あまりにも普通じゃないことばかり続いた。

きっと、心が煮立った鍋の中みたいに、勝手に暴れているのだ。

こんなとき、飲めば落ち着けるような薬でもあったらいいのに。

バスタブにお湯を入れて部屋にもどる。

捻った足首が、まだ痛かった。包帯をほどいて、湿布をはがす。患部は赤く腫れていた。手足の傷と相まって、大変なありさまだ。

バスローブを持って風呂場に向かった。

お湯を止めて、服を脱ぐと、バスタブにつかった。傷にしみそうなので入浴剤はいれなかったけど、「ふう」と長い息が出る。

和樹が死んだ……殺されたのかも。

心亜が死んだ……殺されたのかも。

楓弥が死んだ……殺された。

ジュリには楓弥を殺す動機がない。尾行《つけ》られ、怪我をさせられ、強姦されそうになった。それが動機とならないのならば、だが。

しかし、あとの二人に関しては、ジュリには動機があるかもしれない。自分を捨てた男と、男を奪った女だ。

傷口から熱いお湯に溶けてゆくうすい血の色が作るマーブル模様を眺めていたとき、

物音がした。今のは、確かに足音だ。

バスタブの中で、身を固めた。

玄関の鍵は閉めたはず。そう胸の中で確認したとき、その鍵を鍵穴に挿したままで一日置いてしまったことを思いだした。あのとき、もしも合鍵でも作られていたら――。

「こんにちはー」

不意に風呂の戸を開けられ、足音の主が顔を出した。

千絵理だった。

鍵を抜き忘れた日、玄関先で見張っていてくれた張本人だ。

千絵理は無邪気そうな作り笑顔を浮かべて、はだかのジュリを満足そうに見ている。手には見覚えのある鍵を持っていた。

「あの日、合鍵を作らせてもらいましたー」

千絵理の笑顔は、どこやら壊れていた。目を大きく見開いて、口角《こうかく》が思い切り上がっている。

ジュリの頭の中で危険信号が鳴り渡り、自分の軽率さを呪った。

千絵理のもう一方の手には、スタンガンが握られていた。

浴室でこんなものを使われたら、即死だ。

(ていうか——和樹に、スタンガンの痕があったっていったよね)

犯人は、この女か。

でも、なぜ?

思うより早く、千絵理のスタンガンを持つ手めがけて、お湯をかけた。

千絵理は慌ててスタンガンを落とす。

相手がたじろぐ隙を見て、はだかからお湯をしたたらせたまま、浴室を飛び出した。

キッチンに直行して、一瞬だけ迷った末に、包丁ではなくフライパンを持ち上げた。

近所のスーパーでポイントを集めて安く買った、北欧スタイルのなんとかという重たい代物だ。

すぐに追いかけて来た千絵理は、今度は片刃の太いナイフを持っていた。作り物の笑いは消えて、悪魔みたいな顔でジュリを睨んでいる。

ジュリはフライパンをテニスの選手のように両手でかまえ、吼《ほ》えるように訊いた。

「なんでよ!」

どこをどう考えても、千絵理にこんなことをされるいわれはない。

しかし、千絵理は恨みのこもった声で答えた。

「あいつらが、悪いのよ！　あんたが悪いのよ！」

ナイフを持った千絵理が、じりっと一歩近づいた。ジュリは一歩下がる。ぬれた足の裏がすべった。挫《くじ》いた足首に、電流のような痛みが走る。

「五月二十六日、わたしはあいつらにレイプされた」

「あいつらって——？」

「滝沼和樹と、野又楓弥」

五月二十六日、和樹と楓弥はひとけのない道で、千絵理をクルマに引きずり込んだ。連れて行った先は、無人の廃工場。そこで、二人は心ゆくまで千絵理をもてあそんだ。

その最中に、和樹に電話がかかってきた。

千絵理は裸に剝《む》かれた体を楓弥に蹂躙《じゅうりん》されながら、和樹が脂下《やにさ》がった顔で長話をするのを聞いた。

ずしり、ずしり、と腰を動かしながら、楓弥は電話の相手がAV女優だといった。有名な女優なんだと、どこか自慢げだった。

和樹は千絵理の体を味わった快感に浮かれていて、相手の女も楽しく話している感じだった。千絵理が、裂かれるほど乱暴に犯されているそのときに。

（それ……あたしだ）

——五月二十六日、和樹と電話で話したでしょ？

前に楓弥がジュリにそう訊いたのを思い出した。そんなことを知っているのを不思議に思ったものだが、楓弥は聞いていたのだ。女をレイプしながら。

千絵理はそのとき、全員を殺してやろうと思った。

この男たちも、電話の相手も。

千絵理をなぶりつくすと、和樹は彼女の小指から指輪を抜き取った。「戦利品だ」といって、笑いながら。

それを、和樹はAV女優にあげたらしい。

ムーンストーンのピンキーリングである。

(心亜がブログで自慢してたヤツだわ)

和樹は犯行現場に免許証を落として行った。

和樹の名前と住所がわかった。

尾行《つけ》まわしていたら、楓弥が現れた。和樹の彼女だというAV女優も現れた。心亜だ。

千絵理はインターネットでナイフと青酸カリを、防犯グッズの店でスタンガンを買った。

ＡＶ女優志望だといって心亜に近付いた。馬鹿な女だった。和樹のことも、楓弥のことも、ぺらぺらとしゃべった。

和樹をあの廃工場に呼び出して、スタンガンを使って気絶させ、窓から突き落とした。この時点では、千絵理はあのときの電話の相手が心亜だと思いちがいしていた。和樹が女優二人に二股掛けているなんて、知らなかったのである。だから、心亜をナイフで脅して薬を飲ませた。何の薬か知っていたら、心亜もイチかバチか抵抗したかもしれない。ともあれ、心亜は青酸カリとはわからず、自分が殺されるわけもわからず、それを飲んで死んだ。

「わたし、その後で、自分の間違いに気付いたんです」

千絵理が男に汚されていたとき、もう一方の男と楽し気に話していたのは、別の女優だ。

殺すべき相手はジュリだったのだ。

何でもいいから探りだそうと思ってジュリの住まいを訪ねた。このマンションそのものは、心亜から聞き出していた。和樹に浮気されているとも知らない、哀れなババアだと、心亜はいっていた。

「本当に、哀れなババアだったわ」

その女は、玄関のドアに鍵を挿しっぱなしにしていた。千絵理は悠々とジュリの部屋に侵入し、荒稼ぎしているらしいＡＶ女優の意外に貧乏くさい部屋を眺めてから合鍵を作った。その後で、親切ごかしてジュリに近付いた。てきとうな身の上話を作って相談を持ち掛けたら、疑いもせずに人生訓なんかを聞かされた。本当に馬鹿な女だと思った。こんなだから、心亜なんかに付け込まれるのだ。こんなだから、あんなケダモノみたいな男にも捨てられるのだ。

昨日、ジュリに横恋慕《よこれんぼ》していた楓弥が、小細工を使って自宅に連れ込んだ。馬鹿男は馬鹿女に逃げられ、一部始終を見張っていた千絵理に殺された。ジュリを襲おうとした直後のことだから、そっちに容疑が向くだろう。

「わたしって、本当にツイてると思うんです」

ツイてる女は、強姦魔に襲われたりしない。ツイてる女は、殺人犯になどならない。

襲いかかる千絵理の刃を、重たいフライパンで弾いた。

足が痛くて転んでしまう。

その目と目の間に、刃が振り下ろされた。

咄嗟《とっさ》に痛い方の足で相手の胃の辺りを蹴り飛ばし、あまりの痛さに絶叫した。

千絵理は尻餅をついたが、すぐに起き上がって、ナイフを握り直す。刃が風を切る音がして、ジュリは懸命《けんめい》に逃げた。

痛む足を蹴りつけられ、動けなくなり、馬乗りにされる。

振り上げられたナイフが、ジュリののどを裂く寸前、駆け込んで来た男たちが千絵理の右腕を押さえた。怒号と悲鳴が全員の口から出て、千絵理はジュリの上から引きはがされた。

手錠を掛けられる音に重なって、千絵理の絶叫が部屋に響き渡った。

「死ね！　くたばれ！　淫売《いんばい》！」

千絵理は興奮がきわまって、汚い言葉を吐き散らしながら連行されて行く。

ジュリは素っ裸のまま起き上がり、乱れた髪をかき上げた。目の前に神崎刑事が来ていて、バスローブを差し出してくる。

「遅いわよ。あたしのことを疑っている場合じゃないでしょ」

バスローブに腕を通しながらいった。

「申し訳ない」

「淫売か。読んで字のごとし、だね」

ジュリが自嘲気味にいうと、神崎刑事は目にかかった前髪を払う。

「全然マシだ」

「え？」

「レイプ犯や、人殺しに比べたら、全然マシだ」

「まあ、そうね」

ジュリの電話が『三百六十五歩のマーチ』を唄っている。

足を引きずりながらキッチンを横切り、テーブルの上のスマホを持ち上げた。ＡＶ男優のレージからだった。

——あ、ジュリさん。おれ、なんだかわかんないけど、今、すごく胸騒ぎがして。ジュリさんが、大変な目に遭っている気がして。ごめん。変なこといってるけど。でも、大丈夫？

「ああ、不思議だね。ドンピシャだよ。——あ、ごめん、ちょっと待ってて」

キッチンから出て来た神崎が玄関に向かっている。

その背中に、ジュリは「ねえ」と呼びかけた。

「今度、飲みに行かない？」

神崎は驚いたように振り返り、少しだけ笑った。初めて見る笑顔は、なかなか感じが良い。

「ああ、いいよ」

「じゃ、連絡する」

手を振ってみせ、電話にもどる。

「実はさ、ガチで殺されかけてさ。ほんと、ほんと、殺人犯がうちに来たのよ。あたし。まっぱで戦ったってば。明日の新聞に載ると思うけど、相手はすごいシリアルキラーで——」

大盛に盛って話す中、作業服を着た鑑識課の警官たちが、どやどやと部屋に入ってくる。ジュリの頭の中では『三百六十五歩のマーチ』が、景気良く鳴っていた。

第六話　おとしまえ

第六話
おとしまえ

1

明日《あした》屋がオープンした。

メニューは日替わり弁当一品だけだ。この営業方針を考えたのは黄花《きはな》で、とびきりの一種類だけの弁当を売るというスタンスだ。

今日は、鮭を散らした玄米ご飯に奈良漬けを添え、ボール型シューマイに、ニンジンの真砂《まさご》和《あ》え、グリルチキン、白菜のマーマレード風味浅漬けである。

価格は消費税無視の五百円で、オープニングセールはさらに半額とあって、朝からなかなかの盛況だった。昼などは争奪戦のごとしで、お客の姿が途絶えたと同時に都合よく売り切れとなった。

「景《けい》さん、開店、おめでとうございます」

白い三角巾と割烹着《かっぽうぎ》姿の黄花が、ぺこりと頭を下げた。

それを見てデレッとした景は、白いシャツにアイボリーのエプロンをしている。こちらも、なかなかに似合っていた。黄花に合わせて、頭を下げる。

「黄花さんも、開店、おめでとうございます」

本日の分は売り切れました——という札を入口にさげてから、残しておいた二つを厨房の隅のテーブルに広げた。

「あー。レージくんに一つ残しておいてっていわれていたの、忘れちゃった」

「いいから、いいから」

景は大きな湯飲みにほうじ茶を入れて、テーブルに運ぶ。

「そろそろ、枝豆も出てくるね」

「季節のものを使うのは、いいよな。夏はゴーヤとか冬瓜《とうがん》とかさ」

「冬瓜って、冬の瓜って書くのに夏野菜だよね」

他愛ない営業会議をしながら昼食をとっていたら、入口のセンサーチャイムが鳴った。

シュウマイをもぐもぐやりながら、景が立ち上がる。

「おれが行く」

控室の目隠しにしている長いのれんを分けて、店に出た。

「すみません。今日のお弁当は売り切れまして――」

いいかけて、目をぱちくりさせた。

こわもての三十男が仁王立ちしている。

ぶ厚い胸と広い肩幅、長い脚を包むのは、刺繡《ししゅう》の入った白いジャージである。ちょっとだけ生え際の後退した頭は、つるぴかのスキンヘッドに剃《そ》っている。えらの張った角ばった顔に、大きな丸い双眸《そうぼう》がぎょろりと光る。

泣く子も黙りそうなその風貌は、実際に泣く子を黙らせることを意識してのものだった。男は、チョークの粉が付いた手を顔の前に持ち上げた。

「よう」

景の前の職場――私立常等学園高校の元同僚である山本だった。

「今日、開店だって聞いてな」

山本はジャージのポケットから、景たちがパソコンで作ったチラシを出してみせる。

「来てくれたのか？」

景の顔が、思わずほころんだ。

「ちょっと近くまで来たもんで」

「まあ、入れよ。今日はもう店じまいしたから」

「おいおい、まだ昼過ぎだぞ。ずいぶんな殿さま商売じゃないか」

「今日の分は、売れちゃったんだ」

厨房に入って行くと、黄花が好奇心を丸出しの目でこちらを見ている。景は黄花と山本を引き合わせ、黄花はお茶を淹《い》れに立ち上がった。

「お昼食ったか?」

景が訊《き》くと、山本はまだだという。

「これ、おれまだシューマイを一個食っただけだから、良かったら食べろよ。記念すべき、開店の日の弁当だからね。もっととっておくつもりが、間違って売っちゃってさ」

「じゃあ、おまえが食わないといかん」

「いや、おれはこれから毎日食べるから」

黄花と並んで炊事場に立ち、即席ラーメンを茹で始めた。黄花が山本に椅子を勧め、お茶を出した。手振りと笑顔で、景の分のお弁当を強硬に勧める。

「食べかけで失礼だけど、どうぞ、どうぞ。美味《おい》しかったら、買いに来てくださいね」

「じゃあ、いただきます」

元より食べかけなんか気にするデリカシーもないから、山本はさっそくシューマイが一つ足りない弁当を食べ始めた。一口目で気に入ったらしく、笑顔になる。それを見ている二人も嬉しくなった。

「ところで、今日はどうしたんだ」

開店祝いでも、ちょっと近くに来たわけでもないらしいことは、なんとなくわかった。景の顔色を見て、黄花もそうと察《さっ》したみたいだ。

「わたし、ちょっと、買い物に行ってこようかな」

途中まで食べたお弁当に蓋《ふた》をすると、山本が止める隙《すき》も与えずに外に出てしまった。

山本はうなだれるように頭を下げる。この武骨な大男に殊勝《しゅしょう》な態度を取られるのは、何やら気味が悪かった。

「おまえに相談するのも、筋違いだと怒られそうなんだが、万策《ばんさく》尽きてな」

景が辞めて担任が居なくなった三年一組を、山本が引き継いだ。山本が困り顔をして来るとしたら、受け持ちのクラスの問題だとは、容易に想像がつく。

「愚痴《ぐち》だと思って聞いてもらえたら――」

「いろいろ、迷惑かけたよな。ごめん」

景は頭を下げた。鍋が噴きこぼれそうになって、あわてて火力を下げる。スープの袋をやぶって、鍋に入れた。黄花の作るきちんとした食事も好きだが、即席ラーメンも大好きだ。自分の部屋にも、店の厨房にも、味噌味、塩味、しょうゆ味が常にストックしてある。

「食おうぜ」

「うん」

山本は奈良漬けをかりかりと食べて、お茶を飲んだ。

「おまえに非がないことは、ほかの職員も、生徒も、保護者たちもわかっているよ。校長の保身は、だれの目にも滑稽《こっけい》に見えてる。本人だって針のムシロだろうさ。いい気味だ」

「ふーん」

校長のことは今も嫌悪《けんお》と呆《あき》れの対象だが、不思議なことに恨む気持ちはさほどなかった。景が知らないうちに一矢《いっし》報いていたと聞いても、何の感慨もわかない。

「じゃあ、何があったんだ?」

「うちのクラスの――三年一組の嶋中真央《しまなかまお》のことなんだ」

　嶋中真央は、ちょっとした事情のある生徒だった。小学生のときにトラブルがあって、それが原因で二年遅れている。もう誕生日は過ぎたはずだから、二十歳《はたち》だ。はっとするほどの美少女だが、クラスメートと年が離れているせいもあるのだろう。いつも遠慮がちで、ひっそりと自分の席に座っているような、大人しい生徒だった。

「それが、夏休みに入ったら、ガラリと変わってしまったんだよ。自宅にももどらず、夜の街を徘徊《はいかい》しているらしい」

「まさか」

　真央は積極的に友だちを作ろうともせず、さりとて年上であることと生来《せいらい》の美貌《びぼう》のおかげで、クラス中に一目おかれている存在だった。髪型も制服も普段の素行《そこう》も、校則をやぶることなど決してなかった。

　景はラーメンの丼を持ち上げ、汁をずるずる飲んだ。

「ひょっとして、おれのせいか？」

「まあ、そういう方向に持っていきたがるヤツも居る」

　さしずめ、校長とか。口にするのも情けなくて、景はただ口をゆがめてみせる。

　あっという間にお弁当を食べ終えた山本は、お茶を飲んで長い息をついた。

「嶋中の両親は、学校をやめさせて静岡の親戚に預けるといっているんだが、それでは何の解決にもならないとおれは思ってるんだ」

　山本は思案顔になり、言葉をしぼりだすようにいう。

「親の態度がなあ、何かおかしいんだ」

「本人には会ったのか？」

　今は夏休みだ。真央は部活動に所属していないから、家庭訪問をしなければ会えない。

「ああ。会った」

　髪を染めて派手な化粧をした真央は、別人のようだったという。

「嶋中本人は、何といってるんだ？」

「何も」

　山本は自分の方が思春期の生徒のように、言葉がぽつりぽつりとしか出てこない。当惑しきっているのだ。景はゆっくりとラーメンをすすって咀嚼《そしゃく》した。それを飲み込んでも、上手い考えは浮かばなかった。

「打つ手なしじゃないか」

「だから、愚痴だっていったろう」

　愚痴をいってすっきりするという行為には、景は何の意味もないと思っている。そんなのは、問題にならない問題を論じるときにだけ有効なのだ。

「ごちそうさん。美味《うま》かったなあ。この店、きっと成功するよ」

山本は無理に笑って帰って行った。

＊

その夜は、レージの仲間たちと合流して、明日屋開店の打ち上げをした。

黄花は友人と映画を観に行くということで、欠席だ。女性が居なかったこともあり、居酒屋の小上がりに陣取った景、レージ、密夫《みつお》、ベンケイ、郷沢《ごうさわ》監督は、飲む前から勝手な恋愛論を展開していた。

口火を切ったのは、ベンケイだ。大きな体をうすい座布団の上におさめ、腕組みをした。

「おれは、毎日二回、習慣的に恋愛している」

撮影ごとに、女優に対して恋に落ちるらしい。さもないと、仕事にならないという。

「おれは、違います」

密夫が宣誓するみたいに、右手を挙げた。

「どっちかってと、女優さんはセフレって感じ」

「鬼畜だな、密夫くんは」

レージがいう。

「レージさ、好きな人ができたんだよな」

景はセックスの猛者たちの話に、あっさりと入っていった。セックスの猛者レージは、男子高校生みたいにもじもじした。

「うん、雪田結衣《ゆきたゆい》さん」

「おまえ、あのタイプの女に惚《ほ》れると……そのぅ」

さすがに口ごもってしまう。

レージは奇癖の持ち主で、気の強い美人に惚れるとインポテンツになる。

「ああ、はいはい」

レージは従兄《いとこ》の言葉を察して、しかし陽気に笑い声をあげた。

「仕事のとき、おれのチンチンが使い物にならなくなると心配してくれてんのね?」

身も蓋もないいい方だ。

「それがさ、女優のジュリさんからラベンダーのエッセンシャルオイルをもらったんだよね。もやもやしたとき、それをこめかみにグリグリ塗るわけ。そしたら、ふうっとリラックスできて、お仕事も絶倫《ぜつりん》」

運ばれて来たジョッキを皆にくばって、郷沢監督が笑った。

「確かに、ラベンダーは不安やストレスに効くっていうけど、そういうシチュエーションで使うのは違うんじゃないか？　不眠とか頭痛をやわらげるときに使うんじゃないのか？」

「おれの場合、インポが治るのね」

「おまえさ、言葉がなまぐさ過ぎだよ」

景が文句をいうが、レージはへらへらしている。

密夫はお通しの小鉢を持ち上げて、レージをひじで突《つつ》いた。

「で、レージさんは、彼女に告白とかしたんですか？」

そんな調子でなごやかに時間は過ぎ、三軒はしごした真夜中、景はレージたちとわかれて歩いて帰った。景はアパートを引き払って、明日屋の二階の空き部屋に越して来た。呑兵衛《のんべえ》たちと解散した場所から、近道をすれば五百メートルほどで帰り着く。

店舗と込みの部屋だから、空けておいても家賃は同じだ。だったら、越して来ない手はない。物件自体はオンボロで風呂もなくてコンセントも少ないし光回線の設備も当然整っていない。二階が落ちてくるのをおそれ、学生時代に身を削って集めたオスカー・ワイルドの全集や、古いSF、フランスの詩人たちの全集、南米作家の幻想小説などを、泣く泣く手放した。背に腹は代えられない。給料がもらえなくなった今、家賃無料のねぐらに転がり込めたのは、奇跡に近い僥倖《ぎょうこう》だった。

(結局、人生って、なるようになるもんだな)

しみじみと、そう思った。

学校の馘首《かくしゅ》以来、無意識にも息を詰めて過ごしていたのだろう。明日屋の開店も無事に済んで、心底から安堵《あんど》したのにちがいない。いつになく飲み過ごしてしまった。気を抜くと、千鳥足になっている。明日も店があるのだから、こんな体たらくでは黄花に叱られてしまう。

努めて気を張りながら、しかしはた目には千鳥足で公園を突っ切って歩く途中で、景は思わず立ち止まった。

嶋中真央を見付けてしまったのだ。

(おいおい、何時だと思ってるんだ。真夜中じゃないか)

トップスはキャミソールを二枚重ねて、非常に丈の短いフレアスカートをはき、形の良い脚はむき出しにして、玩具みたいに華奢《きゃしゃ》なミュールをはいている。景の立つ位置からも、派手なアイメイクと、髪の毛を染めているのが見てとれた。山本に聞かされたとおりだ。そう思ううちにも、カッと頭に血がのぼった。真央は、中年の男と身を寄せ合って歩いているのだ。

援助交際か。

しかし、父親かもしれない。

いや、父子《おやこ》で、こんな時間に公園をうろついている方がおかしい。

中年男の方は、真央の腰に手を回しているし、尻を撫《な》でているし。

もうもうとアルコールくさい息を吐き、その釣り合わないカップルに説教の一つも語ってやろうと足を踏み出したときである。

数名の少年たちが闇の中から現れて、中年男を取り巻いた。

肩を突き、背中を突き、足払いを掛けて転ばせる。

中年男は手足をばたつかせ、それを見た少年たちは、思い思いに蹴《け》り始めた。

押しのけるようにして近づいた真央は、中年男の懐中《かいちゅう》から財布を引っ張り出す。

美人局《つつもたせ》だ。

景がそう察したときには、真央は札を抜き取ったからっぽの財布を、中年男の顔に投げつけた。それは中年男の眼鏡に当たって地面に落ち、眼鏡もまた外《はず》れた。

悪い若者たちは四方に散る。

真央がまるで突進するように景の居る方に向かって来たのは、教育の神さまの采配《さいはい》だったと、景は後になって思った。千鳥足で物陰から出て通せんぼをする景は、まだアルコールで真っ赤な顔をしていたものの、頭だけはすっかり醒《さ》めていた。

少年たちには、どいつもこいつも逃げられてしまったが、真央の腕だけは捕らえることができた。

「嶋中、おまえ、何をやってんだ！」

教師だったときの声で怒鳴った。

真央はチクリと鼻の上にしわを寄せ、自分の腕を抜いてしまう勢いで暴れた。

「離してよ、もう先生じゃないくせに！　あんた、ＡＶに出てるんだってね！　離せ、変態！」

「あれは、別人だ。おれの従弟《いとこ》だ」

「へえ、親戚なんだ？　だったら同罪じゃん」

そういった真央の目が不自然に泳ぎ、そして笑った。

なぜ、笑ったのか、気付いたときには遅かった。

逃げたはずの少年たちがもどって来て、景は袋叩きにされた。

＊

——息子が東京で路頭に迷っている、そんな親の気持ちがわかる？　少しでもわかるんなら、すぐに帰って来なさい。あんたが名門高校の先生になるっていうから、東京に出してやったのよ。無職になったんなら、帰って来るのが筋でしょう。葛西酒造《かさいしゅぞう》のお嬢さんのところで、婿養子を探しているの。あんたに、いい話だと思わない？　無職のあんたを、婿にもらってやるっていってんのよ。

電話の向こうからは、延々と母親の声が続いている。

引っ越したからと連絡したら、これが始まってしまったのである。

「仕事はしているよ。弁当屋を始めたんだ」

——だから、そんな水商売なんか。

母は、心底《しんそこ》から呆れた声を出す。

景もそれに負けずに、呆れた声で返す。

「弁当屋のどこが水商売なんだよ」

——水を使っているでしょう。

「じゃあ、銭湯なんかどうすんだよ」

――水商売でしょう。

母は、なぜか勝ち誇っている。

親というのは、どうしてこちらのイライラのツボを突いてくるのだろう。景はもう説得も議論もどうでもよくなった。

「だったら、水商売上等じゃないか！　だいたいさ、おとなしく弁当屋をやっていたら、怪我《けが》なんかすることもなかったんだよ！　教員の方がよっぽど危ない仕事だよ！」

昨夜、不良少年たちに袋叩きにされたことは、まだ親には話していない。この含みのあるいい方に、母の声が緊張した。

――景ちゃん、あんた、何かあったの？

「ありあり、大あり。だけど、教えない。弁当屋に文句をいう人は、仲間外れだ」

小学生みたいなことをいったら、母も小学生みたいに声を出して泣き始めた。泣いた者勝ちって、卑怯《ひきょう》にもほどがある。だったら、こっちも泣いてやろうか。しかし、どうやっても涙が上がってこないので、断念せざるを得ない。

「じゃあね」

やっぱり小学生みたいにいって、通話を切った。

かたわらでは、黄花が景の怪我に薬を塗り直している。

「本当に、病院に行かなくていいの?」

景は腫《は》れている足首を見ながら、うなずいた。

「あんまり大袈裟《おおげさ》にしたくないんだよ。面倒なことになったら、イヤだしさ」

どう見ても暴行の痕《あと》であるこの怪我について、医者に説明したら、そのまま警察に通報されるかもしれない。そうなれば、美人局の少年たちは芋づる式に見付けられる。真央も犯罪者として相応の裁きを受けることになる。そうしてしまっていいのか、景にはまだ答えが出ていないのである。

2

雪田結衣は、相変わらず東京に居る。

結衣の両親に、三田村園江《みたむらそのえ》のペテンから助ける条件として、彼女を故郷に連れもどしてほしいと頼んだのはレージである。雪田夫妻は、その約束を守らなかった。結衣が東京を離れることを、頑《がん》として承知しなかったのである。

結衣はデビューできる見込みのない絵本作家をめざして、いまだ親がかりで豪勢な暮らしを続けている。両親は娘の夢を応援すると称して、せっせと金を送っている。

でも、今のところ幸せ。

そう思ってしまうレージもまた、結衣に骨抜きにされて、心を鬼にすることができずにいた。結衣がまだ東京で暮らしていることを、ひょっとしたら結衣当人よりも喜んでいるかもしれない。

「こんばんは。レージです。ＡＶ男優のレージです」

レージは、結衣のマンションのインターホンを押した。

「はあ？　何の用？」

わがままが服を着ているような結衣だが、基本的にお人好しなので、訪ねて来た者を門前払いにできない。

「結衣さん、ちょっとだけお話ししませんか？」

レージは、先輩男優から教わったナンパの奥義《おうぎ》をすべて駆使《くし》し、結衣のマンションにあげてもらった。玄関先で持参したＤＶＤを両手で差し出し、相手の顔を見る勇気がなかったから、深々と頭を下げた。

「これ、今のおれの精一杯です。いっしょに観てください」

自分が出演しているＡＶである。

結衣は、あからさまに当惑《とうわく》顔をした。

「いやですよ。持って帰ってください」

レージは泣きそうな顔で結衣を見上げ、その美しさに当てられて、少しよろめいた。

さすがに自分でもやり過ぎたと思ったけど、玄関のたたきにひざまずいて、ＤＶＤを捧げ持ちながら、うるんだ仔犬のような目で結衣を見上げる。

「おれの居る世界って、エロいけど——。おれ自身もエロいけど——。でも、普通に恋もするんです。おれのこと、もっと知ってほしくて——」

レージはそれが聖典か何かのように、ＤＶＤを恭《うやうや》しく頭上に掲《かか》げた。

結衣は開いた手の先で、いやそうにそれを突き返す。

「別に知りたくないんですけど」

本当にイヤそうな結衣がレージを部屋に上げたのは、彼女の育ちの良さゆえの従順さがなせることで、結衣を心から愛しているレージがそれに付け込んだのは、愛とは相いれない狡《ずる》さからのことである。

結衣はしぶしぶ目で促し、レージは尻尾でも振りそうな喜びようで、結衣の後に従う。別珍のスリッパの感触が、足に心地よかった。昼間だというのに、間接照明がほのかに壁に向かって光を放っている。藤色の壁紙と空色のソファ、真紅のエスプレッソマシーン、まるでコーディネーターが整えて、だれも一切手を触れていないインテリア雑誌のような住まいだ。

「それに、あなたのことなんか、もう知っているわよ」

刺繍《ししゅう》で飾ったクッションが転がるソファを、結衣は手で示した。レージは行儀よく、その合図を待ってから腰を下ろす。

「年収は千五百万円で、セ……セックス経験人数が二千人。証券会社は五年前に辞職。今住んでいるマンションの家賃は二十五万円でしたっけ」

かつて見合い相手の景に一目ぼれした結衣が、景をレージだと思い込んで、調査会社に調べさせた。その結果について、結衣は快く思っていない様子だった。

結衣を不快がらせているその数字がドンピシャに当たっているので、レージはおののく。個人情報——いや、超個人情報を知られているというのは、尻尾をつかまれた悪魔にでもなった心地だ。

「そんなの、おれの外側だけだよ。おれがどんな風に女の人を抱くのか、おれがどんな風にセックスとむきあっているのか、それを見てもらいたいんだよ」

「いやらしい」

結衣は吐き出すようにいった。

レージの顔が、見る見る悲しげになる。

「どうして？　恋愛の行き着くところは、セックスでしょう？　好きな人と特別な関係になりたいから、セックスするんでしょう？　それが、いけないの？」

「二千人の女優さんと恋愛して、特別な関係になりたかったんだ？」

「おれは、撮影のときは、必ず恋をするよ。じゃなきゃ、セックスなんてできないもん。だけど、きみのことは、今までのだれよりも――」

「はいはいはいはい。わかったわよ」

結衣はもたげた腕をブンッと振り下ろして、レージのいうのを遮った。

「一回観たら、帰ってね」

その顔に、AVなるものへの興味が見え隠れしていたのだが、レージは気付かなかった。ただ、相手が了解してくれた嬉しさに、レージは持参したレジ袋の中身を次々と前に出す。

「はい、おみやげ」

コンビニで買って来たポテトチップスと、フライドチキンと、サラダと、ビールと、缶チューハイを並べた。大学時代に、友だちの部屋に押し掛けて行ってレンタルのD

ＶＤを観たのを思い出す。

結衣も無表情を装っているが、その実、目が笑っていた。

3

明日屋に来店したレージと密夫は、一品しかない日替わり弁当を買うと、イートインスペースに直行した。

今日のお弁当は、照り焼きハンバーグ、シンプルたまごやき、ゆでキャベツのサラダ、かぼちゃとおかかの醤油和え、大根とパプリカのなます、以上である。

開店中なので、店内はお客で混雑し、黄花がレジで奮闘している。

イートインスペースは、時としてレージとその一味に占領される。景と黄花も、最初のうちは追い払っていたが、しだいに諦《あきら》めてしまった。ＡＶ男優たちのたまり場のために、このスペースを確保したようなものである。

景がサービスの麦茶を運んで来た。先日、不良少年たちに暴行された景は、いまだに絆創膏《ばんそうこう》やら、青あざやら、かさぶたやらで、痛々しい面相をしている。

ところが、今日は密夫もそっくりに傷だらけのありさまだ。

「参りましたよ、これ何だと思います？　美人局ですよ」

「美人局？」

景はびくりとする。

いやな予感がした。

美人局という言葉がある以上は、嶋中真央の専売特許ではあるまいが、実際に怪我をさせられた身としては、まっすぐに真央のことが浮かんでしまう。

「現場でいっしょだった新人女優に頼まれて、家まで送って行ったんですよ。その女優にしてやられたんです」

「なんだ、相手はＡＶ女優か」

「なんだって、なんですか」

密夫はすねる。

「で、呑川《のみかわ》沿いの廃工場に引っ張り込まれて、ガキどもにボッコボコにされて、財布から札を全部盗られたんですよ。――っても、二万五千円だけど」

「いやいや、二万五千円のお金を稼ぐってのは、大変なことですよ」

レジのそばから黄花がいうと、お客のおじさんも「そうだぞ」と同意した。

「そうっすよねえ」

密夫は泣きまねをして見せる。

「その新人女優も、グルだったんですよ。ガキどもといっしょに、おれの金盗って逃げたもん」

AV女優というキャラクターは別だが、していることは嶋中真央とまったく同じである。景はひどくいやな予感がした。

「その新人女優って……」

景がおそるおそる訊くと、レージが答えた。

「マオっての。ピッチピチギャル」

「レージさん、それ死語っすよ」

レージが憤慨《ふんがい》する前に、景が悲鳴を上げていた。

「えええええ！」

「何、どうしたの？」

お客までが物問いたげな視線をよこすので、景は男優二人の頭をつかんで、小さな円陣を作る。キスできるくらい近付いた二人の顔に向かって、景は声を押し殺していった。

「おい、その女優の本名知ってるか？」

「知らないっすよ、そんなの——いや、そういえば、ガキどもがシマナカって呼んでましたね」

「シマナカ……マオ。やっぱり」

景がショックを受けている。

「それ、おれのクラスの生徒。年は二十歳だけど、現役高校生だぞ」

「ええええええ！」

今度は男優二人が悲鳴を上げた。

密夫が手をバタつかせて反論する。

「だって、運転免許持ってたよ！」

「常等《じょうとう》高校、免許を取るのは許可しているから」

「高校生はヤバいよねえ」

レージは声を押し殺していった。

AV女優のマネジメントをするモデルプロダクションでは、十八歳以上なら入れることになっている。

「おれ、本番やっちゃったよ。逮捕されるのかな」

密夫はスマホを出して、しきりにスワイプしては、顔を上げてぐずぐずという。

「まずは監督に電話しなくっちゃ。つーか、そういうのをよこすプロダクションが悪くない？　いや、その前に電話か……」

電話する相手は、郷沢監督のようだった。

かたわらから、レージが景に訊いてくる。

「その真央って子、浪人とか留年とかしたの？」

「確か、小学生のときに二年遅れたって聞いているけど」

景はしぶい顔で、自分の顔の絆創膏を指さした。

「実は、おれも嶋中真央に同じ目に遭わされたんだよ」

「景ちゃん、教え子にちょっかい出したの？　サイテー」

レージが目を丸くするので、景は慌てた。

「馬鹿、そうじゃない。中年男と援助交際しているように見えたから、見張っていたら、やっぱり美人局でさ——」

一部始終を話して聞かせた。

元同僚の山本から、真央の素行について相談を受けていたこと。

真央が夏休みを境に、不良デビューしたらしいこと。

「おまえたちと、店の打ち上げした夜があったろ。近道するのに、公園を突っ切ったんだよ。そしたら、嶋中を見かけたんだ」

中年男といちゃついていたかと思ったら、仲間の少年たちが出て来て、男を袋叩きにした。目的は、金を奪うことだったらしい。景が真央を止めようとして、少年たちの反撃に遭った。

「男が憎いってことなのかなあ」

レージが腕組みをした。

「自分に色目を使ってくる男を懲《こ》らしめてやっているって感じしない？」

「だけど、自分で進んでAV女優になったんすよ。それなのに、相手の男優をこんな目に遭わせるって、ひどくないっすか？」

レージは思案顔で麦茶を飲んだ。

「AV男優はエロいからね。その子、きっと、エロい男を――」

言葉を探して黙り込む。そして、ゆっくりといった。

「狩ってるんだ」

4

ベンケイは悪鬼のごとく怒っていた。

家族サービスで妻子を連れて動物園に来た日のこと、ふと姿を消していた五歳の娘が、顔を引きつらせて駆けて来た。ベンケイの丸太のような脚にしがみつき、全身を震わせている。怯《おび》えているのだ。目の中で泳がせるように育てている、愛娘の綺良《きら》が。

家族を守る雄の本能が、メラッと燃えた。しかし、口調ばかりは優しく、ベンケイは綺良の小さな頭をなでながら訊く。

「どうしたの、綺良ちゃん？　パパにお話ししてごらん」

妻と長男も、色を成して二人に歩み寄る。

綺良は黒目がちな両目に涙をいっぱいためて、可愛らしい口をわななかせた。

「変な人、いた」

変な人？　どこに？

両親と兄が狼狽《ろうばい》を抑《おさ》えて、懸命《けんめい》に訊《き》く。

綺良は短いぷくぷくした腕を伸ばして、公衆トイレの陰の茂みになっているあたりを指さした。スズメたちが砂浴びしているのを見付け、綺良が喜んで見に行っていたのだ。

「怖い人、あたしに話しかけてきた」

どんな怖い人？　綺良、何かされたの？

両親と兄は、綺良に顔を近づけ、両手をとり、背中を撫《な》でながら訊いた。

「パンツの中に、手、入れられた。逃げて来たの」

なんだと！

その瞬間、ベンケイは悪鬼になった。

ベンケイの血を引く綺良は、小さいながらも怒りに燃えて、父にその怖い人を指さして知らせた。

「あの人！」

綺良が指さしたのは、青白い顔の中年男だった。一人、トイレの外壁に寄り添うようにして、遊具のあるこちらを眺めている。無気力そうに見えて、その実、餓えをかかえたケダモノのような様子に、ベンケイはピンと来た。幼い女の子を物色しているのだ。綺良のような子どもを、おのれのトチ狂った性欲の犠牲にするために、探しているのだ。

男は、やわらかく太って、なよなよしていた。それなのに、全身から立ち上る気配は、危険きわまるものを醸し出していた。

ガオーッ!!

ベンケイの、武蔵坊弁慶にも似た狂暴な正義の心が燃え立った。許すまじ、ド変態めが!

「綺良を見ていろ――――!」

叫びざま、ベンケイはド変態に向かって突進して行く。

「お父さん――――?」

妻の心配そうな声が、追いすがり、尻切れに消える。家族思いのベンケイが、その不埒《ふらち》者をぶっ殺してしまうのではないかという恐怖を覚えたのだ。いや、こんな時代だから、その不埒者が、ナイフとかともかくそんな剣呑《けんのん》な得物《えもの》を用意していやしまいかと案じたのだ。

しかし、相手は逃げるという点では、一種度肝を抜くような素早さをもっていた。ベンケイの怒気が立ち上った時点で、それを察して、逃げた。鼠のような、素早さで。

男が立ち去った陰気な茂みには、スズメたちが砂浴びする姿すらなく、ベンケイは立ち尽くした。身が震えるほどの怒りは、ただグルグルとベンケイの逞《たくま》しい胸の中で空《むな》しく猛《たけ》った。

＊

景の住まいである明日屋の二階に、山本が訪ねて来た。その前から居座っていたレージは遠慮することなく居座り続け、さっそく山本と仲良しになってしまった。景そっくりなこの男がAV男優だと名乗ったので、山本は男の好奇心がはげしくくすぐられたようだ。今度、DVDを進呈するといわれて、山本はここに来た目的も忘れて喜んでいる。

ここに来た目的。

それは前に明日屋を訪ねたのと、同じだ。

景から引き継いだクラスの、嶋中真央に関する相談である。山本には、ほかに相談できる相手が居ないらしかった。真央に関して、山本は孤立無援だった。景のほかに味方が居ないのだ。

「嶋中が、小学校のときに二年遅れた理由を、おまえ知っていたか?」

山本は、そう訊いてきた。景は首を横に振った。彼も一度、保護者に尋ねたことがある。そのときは、なんとか、かんとか、ごまかされた。不幸な事件に巻きこまれたらしいのだが、それ以上は訊いてくれるなといわれた。それが、今になって山本が重たい事実を知らされたという。

「両親から聞かされて、おれも初めて知ったんだけど――」

真央が二年遅れたのは、小学校四年生のときに強制わいせつ犯に暴行されたせいだった。

「お、おい――」

「そんな――」

顔がそっくりな景とレージが、同じ表情で愕然《がくぜん》としている。憤怒《ふんぬ》と同情がない混ぜになった苦さは、山本もまた嶋中真央の両親に事実を聞かされたときに味わった。

「原田省三《はらだしょうぞう》っていうんだ」

レージがすぐにスマホで検索した。事件を告《つ》げる記事はすぐに見つかった。原田は幼い少女ばかりを狙った強姦魔として、十年前に逮捕されている。被害者の数は八人にも及び、トラウマばかりか、深刻な怪我を負った少女も居る。事件の性質上、被害届が出されていないケースもあるらしいことを、記事はほのめかしていた。

「そいつが、今年の七月、刑務所を出所したらしい」

山本がそういうので、景たちは眉根を寄せた。

「じゃ、何か？　犯人はまた嶋中を狙うってのか？」

「いや、やつは小さな女の子にしか興味がないから、危ないのは小学生までの子たちだ。だけど、襲われた方にしてみれば、一生消えない傷を負ったのと同じだ。そんなヤツをまた、野放しにするなんて——」

言葉につまる山本の顔を見て、景は「ああ」と思った。いやな感じで、腑《ふ》に落ちたのだ。

「嶋中が急に荒れだしたのは、原田が出所したせいなのか？」

「おれは、そう思っている。加害者が罪を償《つぐな》おうが、被害者にしてみりゃ関係ないよ」

「だけど、犯人が反省して——」

「してない。原田省三は、まったく反省していない」

急に、レージが強い声でいった。

「どうしたんだよ、おまえ」

「そいつに、ベンケイさんの娘が襲われそうになったんだって」

「…………」

景は言葉を失い、元同僚と顔を見かわした。

「だったら、おれたちが一肌脱ぐよ」

そういって、レージは景の耳をひっぱると、ひそひそ話をする。景は仰天し、山本はきょとんとした。

「おまえ、それじゃあ、犯罪じゃないか」

「また被害者が出るのは明らかなのに、放っておける？」

「でも、だからといって……」

景はうろたえている。そんな景に向かって、レージは据わったような目付きで宣言した。

「景ちゃんは、十七日の夜の十一時に、真白神社のうらに真央ちゃんを連れて来て。必ずだよ」

「でも、子どもに見せるもんじゃないだろう？　あの子はまだ高校生なんだぞ」

景はやっぱりうろたえている。

レージは、腕組みをして胸を張った。

「解毒剤は、毒と同じくらいばばっちいのだ」

「解毒剤が苦い、じゃなくて？」

つまはじきにされた山本は、きょとんとしている。

＊

八月十七日の夕方、原田省三は新しい被害者を求めて徘徊しているところを、複数の男たちに連れ去られた。男たちは三人組で、同じ白い仮面をつけていた。口と目が黒く塗られて、いやな感じに笑った表情を作った仮面だ。原田は身も世もなく怯《おび》えた。幼い女の子にゆがんだ性欲を持つ原田は、大人の男というものが怖くて仕方がないのだ。

台風が四国辺りに停滞し、そのせいかやけに暑い日だった。

男たちは原田にスポーツドリンクとコンビニのおにぎりを与え、さしたる暴力も加えなかった。原田の前では仲間同士で会話すらしなかった。それなのに、息はぴったり合っている。まるで、テレパシーで意思を交《か》わしているかのようだ。仮面のせいで、不気味さはいや増していた。これから、殺されて、埋められる？　身に覚えはあるにはあるが、しかし、大人の男に、そんなことをされるのは腑《ふ》に落ちない。原田が狩ってきたのは、幼くて弱い女の子たちばかりだったからだ。

そして、とうとう、そのときはやってきた。

男たちは原田にさるぐつわをかませ、目隠しをしてクルマに乗せた。

降ろされた場所は、おそろしく静まり返っていた。

石段らしいものを上がり、歩かされた。少し行くと、地面がやわらかくなる。

秋虫が鳴いていたが、原田たちの気配が近づくと静まり返った。

そこで目隠しを取られた。

しかし、闇ばかりで何も見えない——いや、草が見えた。常夜灯が、神社のような建物を照らしていた。さるぐつわは、自分のよだれで湿って、べとべとだ。

仮面の男たちは三人。

原田は乱暴に地面に投げ出され、ひどく乱暴にズボンと下着をひざ下あたりまで脱がされた。尻をつかまれて乱暴にこじ開けられたので、恐怖とともに羞恥で息があがった。そこに、突き挿《さ》された。原田も持っているものを。少女たちの幼い股間を犯したものを。男たちの性欲の得物が、原田を犯しているのだ。

強烈な痛みで、原田は泣き叫んだ。しかし、さるぐつわがそれをはばんだ。男たちは、交互に、繰り返し繰り返し原田を犯す。

なんで、おれみたいなおっさんが、こんなことをされるんだ。

原田は痛みと屈辱と恐怖の中で、なぜだ、なぜだと叫び続けた。

急にもよおして脱糞してしまったけど、男たちは少しも怯《ひる》まなかった。

自分の糞まみれになって、原田は犯され続けた。

「おまえが女の子にしてきたことのお返しだ」

男の一人がいった。原田は、死よりも強烈な恐怖を覚えた。未来永劫、この拷問が続くような気がした。出ない声で、原田は絶叫する。

いやだ、やめてくれ、お願いだから！

…………。

茂みの向こうから、こちらを注視する気配を感じた。

＊

「もう、最悪。あの人たち、よくやるわ。あたしがあの人たちなら、一生、夢に出てきそう」

ツツジの低い木陰に隠れて、真央がうんざりと顔をゆがめた。

景もやはり同感だったが、もうしばらく、目の前の地獄絵図を見届けなくてはならない。

三人の仮面の男は、レージとベンケイと密夫である。

彼らはどんな状況のどんなセックスでも、してのけられるように、日ごろから訓練を積んでいる。

(こういうのも、訓練というなら、だけど)

景は感心するのも呆《あき》れるのも通り越して、怖気《おぞけ》をふるっていた。むしろ、かたわらに居る真央の方が度胸がすわっている。目もあてられないような現場を、怖い顔で見つめ続けていた。その横顔に、景は用意してきた言葉をかける。

「いっとくけど、これは正しい裁きじゃない。だけど、こうでもしなきゃ……」

「わかってる」

真央は元教師の言葉を遮った。

「ありがと」

真央ははじめて、目の前の光景から目をそらすと景の顔を見た。変わってしまった不良少女ではなく、景のよく知る大人しい嶋中真央がそこに居た。いや、十一年前の不幸な事件をリセットできた、しなやかな心の真央がそこに居た。

「殴って、ごめんね。先生」

その言葉が、景の胸をふわりと覆った。不覚にも涙が込み上げてきた。

5

八月があと三日で終わるとなっても、残暑は少しも引かない。

明日屋では、夏バテ気味のお客たちに向けて、酸味の効いたメニューを続けている。昨日はカリカリ梅を混ぜたご飯。今日は酢豚。明日は鯵《あじ》の南蛮漬けの予定だ。

「ごめんくださ い」

すごい美人が入って来たので、黄花は仰天した。白いシャツにジーンズという、ごくシンプルな格好をしているのに、まるでスポットライトが当たっているみたいに輝いてみえる。ちょっと明るめに染めた長い髪がきれいに巻かれていて、エアコンの風でかすかに揺れた。ただそれだけで、女神が地上に降りて来たみたいに見えた。

「お弁当、二つください」

女神の声は、ちょっとだけハスキーだ。かたわらには、クールビズとはいいがたい、くたびれたワイシャツの、ずいぶんと目付きの鋭い男を連れている。まるで、美女と野獣というか——美女と、なんだろう……。美女と殺し屋とか？

「こちらのお弁当、本っ当に美味しいんですよねえ」

美女はエルメスの財布から、千円札を取り出した。

「前にも、来てくださってたんですね」

「いいえ、ごめんなさい。ただでいただいちゃいました」

美女はきれいにネイルアートをほどこした細い手を、顔の前で振ってみせた。

「レージくんが、スタジオに差し入れしてくれたことあったんです。ほら、開店前の試食だっていって」

「あ」

黄花は口をぽっかり開けてから、思わず笑みこぼれた。

「レージくんの、お仕事の？」

「AV女優のジュリです」

美女は薔薇《ばら》の花のようにほほえんでから、かたわらの連れの胸をひじで突《つつ》いてみせる。

「この人がね、そんなに美味しいなら自分も食べたいっていうから、連れて来たの」

「あ、こちらもAVの？」

「いえいえいえ」

美女は吹き出して笑った。

「この人、こう見えて刑事なんですよ。警察の刑事」

「刑事は普通、警察だろう」

目付きの鋭い男は、はじめて口を開く。女同士の親し気な会話についていけなくて、すねているような調子だ。

「お味噌汁を、おまけしますね」

カップに熱い味噌汁を注《そそ》いで、蓋をかぶせた。

「ありがとう」

女優と刑事は、まるで稽古でもしたみたいに、声をそろえていう。そして、顔を見合わせて笑った。それがずいぶんと幸せそうなので、黄花までうれしくなった。

二人はさながら福の神で、その後でお客がひっきりなしに来た。

そこで終われば上々だったのだが――。

景が配達に行った昼前の、ひとときだけお客が途切れた時間に、あの人物はやって来た。

景のアルバムで見たことがある、太った初老の男――生徒をかばった景と衝突し、短気な景がぶん殴ってしまい、そんな景を懲戒免職に処した校長だ。

そうと気付いた黄花の頭の中が、カッと熱くなった。猛った血が全身に走る。

怨敵襲来！　怨敵襲来！

校長は黄花しか居ない店に入り、スマホでひとしきりだれかと話してから、こちらを見た。

「………！」

タヌキオヤジ、平然としちゃって。

そう思う黄花は、顔が引きつっている。でも、心の底の底では、この人のおかげで景と二人で店を始める決心がついたことに、感謝の気持ちがないでもない。さりとて、加齢臭を隠すためのコロンのにおいに鼻をつまみたくなったし、太って、脂《あぶら》ぎって、短足で、禿《は》げていて、顔にイボがあることに、一瞬で目が行った。ともかく、黄花はものすごく、意地悪になっていたのである。

「い――いらっしゃいませ」

「常等学園高校校長の増木《ますき》といいます。江藤《えとう》くんには、お世話になって」

そういって、タヌキオヤジは太った体をよじるようにして、店の奥をきょときょと覗く。あきれた、この人、景のことを探してるんだわ。またぶん殴られたら、どうする気よ。

「こ、これは、どうも――」

黄花は引きつった。いいたいことを飲み込むと、言葉まで出てこなくなるみたいだ。

「どれ、ひとつ、弁当でも買ってみるかな」

まだ敵対モードの黄花は、ムッとした顔になる。買ってみるかなって、なによ。みるかなって。

「ひとつ、ください」

引き続き敵対モードの黄花は、心の中で叫んでいる。ひとつですって？　けっちくさー。サービスなんて、しませんから、意地でもお金とるわよ。

「その――なんですな」

財布から五百円玉を取り出し、校長はもじもじした。

「上司として江藤くんを指導する立場にありながら、わたしも大人げなかったかもしれない。あたら、若い教育者が、道を踏み外《はず》すのを防ぐことができなかったのは、残念かつ遺憾《いかん》です」

カッチーンと、黄花の胸の中で何かが割れる音がした。

「景は別に、道を踏み外してませんけど。わたしたち、順風満帆ですけど」

愛想笑いなんて、ふっ飛んでしまった。声を怒らせていうと、校長の顔からも作り笑いが消えた。

あの男にこの女、まったくお似合いの常識知らずだ、と脂ぎった顔に書いてあった。

校長はそれ以上は何もいわずに去り、黄花はレジに放り込んだ五百円玉を、ずいぶん長いこと睨んでいた。

＊

その夜の夕食は、明日屋の二階で景と二人で食べた。

鯖《さば》の味噌煮に、インゲンと油揚げの炒め物、ズッキーニの糠漬《ぬかづ》け、小松菜のおひたしに、余った茸《きのこ》と分葱《わけぎ》の味噌汁だ。

「失礼しちゃうよね。別に道なんか踏み外してないっつーの」

黄花は、昼間の校長の発言をまだ怒っている。校長のキャラクターをよく知る景は、腹を立てるより面白がった。

「あの人、何しに来たのかしらね。本当、感じ悪くてさ」

「たぶん、仲直りしに来たんじゃないのかな。敵が居るってことが、耐えられないタイプだから」

「仲直り？　は？　冗談でしょ。わたしが、そんなことさせませんから」

相手が黄花の剣幕《けんまく》に懲《こ》りて、なれ合いの関係が再開しなかったことに、景はかなりホッとしている。相いれない人間同士は、無理をして関係修復などしない方がいいのである。分かり合えない以上、反撥《はんぱつ》し合うのも仕方がないのだ。学校をクビになって、恨み、憎み、後悔したあげく、ようやくそんな結論に達した。

「それより、黄花――」

ようやく黄花の機嫌が直り、テレビのニュースに二人で意見をいい合っていたら、呼び鈴が鳴った。お客の出入りにはセンサーチャイムが鳴るようになっているが、店が玄関代わりにもなっているので、閉店時のために呼び鈴が取り付けてある。しかし、まったく目立たないし、押しボタンのあり場所を知っているのは、レージたちくらいだ。それでもたまに、近所の小学生がピンポンダッシュをして行く。

呼び鈴は、しつこく鳴った。ピンポンダッシュではなさそうだ。ということは、レージだ。

「なんだよ」

景がうるさそうにいって、箸を置く。「よいしょ、こらしょ」とおじいさんみたいな気合を入れて立ち上がると、階段を降りて行った。

お客は、予想どおりレージだった。意外なことに女連れだった。雪田結衣である。景は身構え、硬直し、目だけを動かしてレージを見た。レージが実に天真爛漫《らんまん》に笑っているので、景も緊張を解いた。後ろから黄花が近づいて来る気配がする。

「あら、いらっしゃいませ」

思わず振り向くと、黄花もレージと同様、あけっぴろげに笑っている。そして、結衣はといえば、彼女もまた初めて見るリラックスした微笑《ほほえ》みを浮かべていた。

「お弁当ください。二人の作ったお弁当、結衣さんにも食べさせたくて」

「あらあ。うちは昼食専用のお弁当屋で」

「売り切れ御免だから」

「もう残ってないよ」

黄花と景が息の合った調子で答えると、レージはめげずにコンビニのレジ袋を目の前にかざした。

「でも、上がっていいでしょ。上で乾杯しようよ」

結衣の手を引いたレージが、景たちの了解を得ないままにどんどん二階に上がってゆく。

ちゃぶ台に食べかけの鯖の皿を置いたままの景たちは、慌てて後を追った。

「すみません、お食事中だったんですか」

「いいから、いいから」

結衣が恐縮してみせると、レージがおかずの残りを自分たちの取り皿に盛り付け、買って来たビールを配った。

「じゃ、乾杯ね」

「幸せと健康に」

調子を合わせた黄花が音頭を取り、四人は缶を傾ける。

結衣と黄花が料理談義に花を咲かせはじめると、レージがこそこそと景のTシャツを引っ張った。

「なんだよ」

「うふふ」

レージは、はにかんでいる。

「おれたち、付き合うことにしたんだよね」

「マジか？」

景は目を丸くした。出会いの形に反して、結衣に片想いしていたはずのレージから、これまでの苦戦に関するエピソードを、いやというほど聞かされていたからだ。レージというAV稼業の自由人が、いまだ箱入り娘の結衣を攻略するのは至難のわざに思えていた。

「ゆうべ、彼女の部屋でセックスしたんだ」

「セ――セックス、ですか」

景は、顔を引きつらせて笑う。この男がセックスセックスと平然と口にするのは、まだどうしても慣れない。

「女優さんとするのとは違って、変に緊張してしちゃってさ。なんか、童貞のころのこと、思い出しちゃった」

レージは、にこにこしている。

「ふーん」

「で、すごいニュースなんだけど、彼女、処女だったんだよ。正真正銘、おれだけの人なんだよ」

陶酔《とうすい》したようにいうので、景は心底《しんそこ》から呆れた。

「おまえさ、そういう下半身の話をさ、ぺらぺらひとにいうなよ。彼女、そういうこと嫌いだろう。ふられるぞ」

「そんなことないよ。景ちゃん、女心わかってないから」

男同士のこそこそ話が気になるのか、黄花と結衣がこちらを向いた。

瞬間、景は想像した。

何年か過ぎても自分たち四人はやはりこうして居て、黄花と結衣がママ友になっていたら、どんなに幸せだろう。いや、たぶん、なっているはずだ。そう思うと、今まで悩んだいろんなことが、不意に軽くなる。

「ところで、景」

黄花があっけらかんと訊いてくる。

「さっき、何をいいかけたの？」

「うん」

何かをいいかけていたなんて、すっかり忘れていた。それで、景もあっけらかんと答えた。

「よかったら、今夜、セックスしない？」

黄花の笑顔が引きつり、レージが困ったように頭を掻《か》いた。結衣にいたっては、宇宙人でも見るような目でこちらを見ている。

それで、景は同じ言葉でも、発する人間により受け取られる感じはさまざまに変化するのだと知った。ただし、その気付きは、遅きに失していた。

「ばっかじゃないの！」

黄花が、横っつらを張るような声を出す。

「お客さんの居る前で、何いってるわけ？　どの口がいうわけ？　やだわ、わたし、こんな人。もう帰る。一人で頭を冷やしていろ」

立ち上がりざま、レージの胸倉をつかんだ。

「あんたと付き合いだしてから、景がエロボケしてるんですけど。だんだん、あんたみたいになってくるんですけど。わたし、そういうのイヤなんだよね」

割烹着を脱いでレージの頭にぶつけると、黄花は憤然と階段を降りて行った。

残された三人は黄花の剣幕に圧倒され、やがて景がうらみがましくつぶやいた。

「ほら、みろ」

「うふふ」

レージが、まだうれしそうに笑っている。

「なんだよ、おまえ。本当、気持ち悪いぞ」

「うん。おとといね、母さんから電話がきたんだよね」

——あんたのしていること、認めたわけじゃないから。

「ぜんぜん、笑えない電話じゃんかよ」

「でもさ」

レージの母は、こうもいった。

――定年まで勤めていられる職場じゃないだろうから、年とってきたら監督をしてみるとか、そういう出世のことも真面目に考えなさいよ。好きで入った業界なら、もう辞められるわけはないでしょうからね。

ずいぶんと考え抜いたのだろう。レージの母は、前言に反して息子のことを認めたらしい。

「ふうん。よかったな」

景は自分の頬をごしごしこすりながら、思案気にいう。

「でしょ」

「おれも、もう一回、実家に電話してみようかな」

引っ越しを報《しら》せに掛けたときは、わけのわからない喧嘩で終わってしまったから、今度は性根を据えて自分の選んだ将来のことを説明してみよう。どうしたって、切っても切れないのが親との縁だ。

「そうしなよ。そうするべきだよ」

レージは、目をきらきらさせた。

＊

八月が終わる日、テニス部部長だった田代明彦《たしろあきひこ》が明日屋を訪ねて来た。昼の喧噪《けんそう》が終わって弁当も自分たちの分を残して完売し、黄花と二人でスイカを割ろうとしていたときだった。

大きなスイカを見せると明彦は大喜びして、その笑顔に景たちも嬉しくなった。三人でいそいそと二階に上がり、朝から続く暑気をエアコンで追い出して、やれ新聞紙を広げろ、まな板を持って来い、お皿は、スプーンはと、盛り上がった。

スイカは真ん中が陥没《かんぼつ》していたし、まだあまり冷えていなかったけど、とても甘かった。

黄花は二人に塩を使えといい、景と明彦はこのままでも充分《じゅうぶん》に甘いといい張った。

「塩分の摂《と》りすぎはよくないぞ」

「あら、夏は塩分補給が必要よ」

「確かに」

黄花のいい分に従って、さらさらと塩を掛けたスイカを頬張り、明彦は「うまい」

と大声を上げる。

「裏切り者め」

景が恨みがましくいうと、明彦が居住まいを正して深くうなだれた。

「先生、すみませんでした」

「いや、スイカの塩のことくらいで、おれはそんなに怒ってないぞ」

景は慌てる。明彦はいそいでかぶりを振った。

「そうじゃなくて」

明彦は、自分をかばうために景が校長を殴ったこと、それで学校を追われたことを詫《わ》びていたのだ。

「おれ、明日から転校するんです。別の私立に通うことになってます」

「…………」

黄花が、さくっとスイカを噛《か》んだ。景は皮の近くまで食べたのを、皿に置いた。

「あのとき、おれは教育者であるためには、ほかに道がないと思ったんだ。でも、結果としてはただ逃げただけだった。おまえの力に少しもなれなかった。ごめん」

居住まいを正して、頭を下げる。

明彦は優等生らしく、恐縮した。それが本当に気の毒なほどだったので、黄花に突かれてあぐらにもどる。明彦はそれでようやく、言葉を発した。

「そんなことありません。江藤先生の存在は、だれよりも大きいです。おれのために人生を張ってくれた人が居るから、この先何があっても、おれは強い気持ちでいられると思うんです」

「それは、そうだわ。おかげで、わたしも今ここに居る。皆の人生って、つながってんのよね」

黄花がそういうと、明彦の表情がやわらかくなった。

「先生に会うっていったら、嶋中から伝言を頼まれました」

「嶋中真央が？」

「はい、先生に伝えてほしいそうです。

『女優もエロ狩りもやめました』

何のことですか？　嶋中って女優だったんですか？　すごいな」

「まあ、ある意味ですごいけど。やめたんなら、もういいよ」

景は困ったように目をきょときょとさせてから、思い出したようにこぶしを叩いた。

「そうだ。帰りに、うちの弁当を持っていけよ」

二人の夕食、試食分が残っている。そういうと、黄花も喜んで賛成する。

「今日はね、焼き鳥カツと、高野豆腐のつけ焼きと、ラディッシュの浅漬け、ニンジンサラダなの。焼き鳥カツは新企画なのよね。ネギと鶏肉の串カツなんだけど、これが、うまいんだ。今、持ってくるからね」

　弁当を包みに黄花が階段を降りて行くと、明彦はぼそりとつぶやく。

「おれ、人間のクズですかね。親父にそういわれたんですよ。その言葉が、どうしても頭から消えなくて」

「なんだと――」

　景はカッとして、悪態をつきそうになる。それを飲み込んで、垂《た》れた明彦の頭をくしゃくしゃ撫でた。

「おまえ、強い気持ちでいられるっていったばかりだぞ」

「はい――」

　明彦の瞳は、気持ちを映《うつ》して揺れている。

「強くなれ。おまえが間違っていないことは、おれが保証する。おれの保証なんか、屁の突っ張りにもならないけど、ともかく保証する」

　そう口にすると、不思議と自分の気持ちもおさまった。

「でも、親父さんにしてみりゃあさ、息子が校内で喫煙して名門高校を退学だぜ」

転校は実質、退学なのだ。今さらオブラートに包んでみたところで始まらないと思った景は、あえてどぎついいい方をした。

「家の人たちに、本当のことは話していないんだろう?」

喫煙したのは、明彦ではないということ。明彦は、友だちをかばって、罪を背負ったのだということ。職員会議で封印された、真実だ。

「はい、まあ」

「おまえは御手洗《みたらい》たちの被《かぶ》るべき泥を、代わりに被ってやった」

御手洗とは、校長が体を張ってかばった同窓会長の孫だ。校内喫煙事件の主犯格である。景が諭《さと》してやらなければならなかった生徒たちだ。景の短気は、彼らをも見放したことになる。それを考えれば、明彦のことを思うのと同様に胸が痛んだ。

「おまえは、連中のことを思いやってのことかもしれないけど、それは本当の正義じゃなかったのかもよ」

「……はい」

「おれが校長を殴ったのも、明らかに正義じゃない。下手《へた》すりゃ傷害罪だ」

「……でも」

「だから、お互い、罰は甘んじて受けようぜ」

「はい」

スイカをたらふく食べた明彦は、明日屋の弁当を二つ持って帰って行った。その背中は、どこか痛々しく、同時にどこか清々《すがすが》しかった。

二学期になって十日ほど経ち、元同僚の山本がまた明日屋を訪れた。

喫煙事件の真犯人である御手洗と友人たちが、自分たちのしたことを名乗り出て、田代明彦に対する処分は解けたのだそうだ。しかし、明彦は常等学園高校にはもどらなかった。景に対する処分は、これは暴力事件なので取り消すわけにはゆかない。そう告げられて、黄花は「当然よ」といって、笑った。

「いまさら、明日屋をやめるなんて、許さないからね」

「あの日――」

景は明日屋のレジカウンターの中から、山本に笑いかけた。

「学校をクビになった日、人生が終わったって思った」

「へえ」

「校長を恨みに恨んだ」

でも、その気持ちからは何も生まれなかった。そこには他人への恨みより強い、自己嫌悪があったのだ。

「あれから――」

正しいと思う方向に少しずつ進み、一つの季節が過ぎようとしている。この先この毎日は、生涯にわたって続くのだろう。親を泣かせたいわけじゃないけれど、景の人生はようやく始まったばかりなのだ。

「自分のこと馬鹿だって思えたら、思えないよりいいよな」

「大丈夫。おまえは馬鹿だよ、江藤先生」

山本は、かなり力を込めてそういった。

でも、悪い人生ではないと、景には思えた。

【参考文献】

『ＡＶ男優の流儀』鈴木おさむ（扶桑社新書）
『「ＡＶ男優」という職業　セックス・サイボーグたちの真実』水野スミレ（角川文庫）
『偏差値78のＡＶ男優が考える　セックス幸福論』森林原人（講談社文庫）
『ＡＶ男優しみけん　光り輝くクズでありたい』しみけん（扶桑社）
『職業としてのＡＶ女優』中村淳彦（幻冬舎新書）

この作品は徳間文庫のために書下されました。
なお本作品はフィクションであり実在の個人・団体などとは一切関係がありません。

徳間文庫

誰《だれ》も親《おや》を泣《な》かせたいわけじゃない

2019年8月15日 初刷

著者 堀《ほり》川《かわ》アサコ

発行者 平野健一

発行所 株式会社 徳間書店

東京都品川区上大崎三−一−一
目黒セントラルスクエア 〒141−8202

電話 編集〇三(五四〇三)四三四九
販売〇四九(二九三)五五二一

振替 〇〇一四〇−〇−四四三九二

印刷
製本 大日本印刷株式会社

ISBN978-4-19-894493-3 (乱丁、落丁本はお取りかえいたします)

徳間文庫の好評既刊

小路幸也

恭一郎と七人の叔母

更《さら》屋《や》恭《きょう》一《いち》郎《ろう》は、造園業を営む祖父の家で生まれた。夫を亡くした母が実家に戻ったからだ。この家には、祖母と母の妹たち——歯科医と結婚した次女、骨《こっ》董《とう》屋を営み、双子兄弟と結婚した双子の三女四女、数学教師になった五女、電機メーカーの御《おん》曹《ぞう》司《し》と結婚した六女、水商売をしていた七女、画家になった八女——と、住み込みで働く男たちもいる。恭一郎が見た、この大家族の悲《ひ》喜《き》交《こも》々《ごも》とは？

徳間文庫の好評既刊

堀川アサコ

おもい　おもわれ　ふり　ふられ

書下し

　理不尽な要求をする客と無茶な仕事を押しつける酷《ひど》い上司に我慢が出来ず、五年勤めた会社に辞表を突きつけたミノリ。この先、どうしようかと思案していたときに入り込んだ神社で「巫女《みこ》募集」の貼り紙を見つけ、飛びついた。同じ頃、キャバクラ勤めの生活に不安を抱《かか》えていた李《り》花《か》は、神主に一目惚《ひとめぼ》れし、「巫女募集」に応募する。ミノリと李花、二人が直面する参拝者たちの様々な事情とは……。